岡田悠

10年間飲みかけの午後の紅茶に別れを告げたい

部屋をめぐる空想譚

河出書房新社

目次

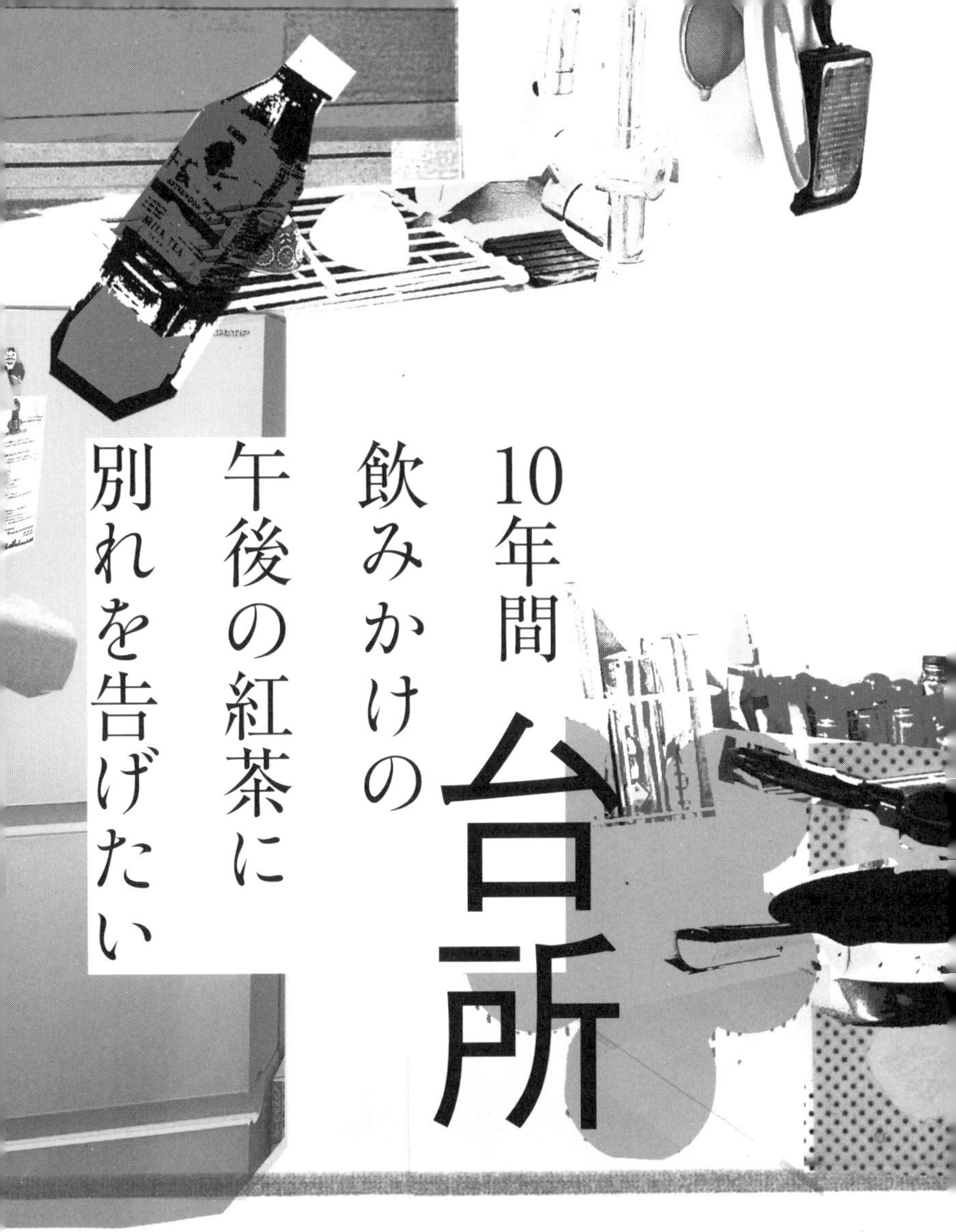

台所

10年間
飲みかけの
午後の紅茶に
別れを告げたい

18歳の頃、午後の紅茶を飲んでいた。朝から晩まで飲んでいた。取り憑かれていた。近所のコンビニにあった午後の紅茶は、ほとんど僕が消費していた。売り切れるのも珍しくなかった。午後の紅茶があれば、僕は僕のままでいられた。

「午後の紅茶」は日本で初めて発売された、ペットボトルの紅茶飲料だ。物心ついたときから午後の紅茶が好きで、歳を重ねるにつれ心酔した。実家では1・5ℓサイズを飲んだ。ほかの紅茶では物足りなかった。田舎の通学路には午後の紅茶がなくて、遠回りして自販機を探した。恋人と歩く同級生を尻目に、午後の紅茶を求めペダルを漕いだ。

高校を卒業して、大学進学のために上京したことで、午後の紅茶への依存はピークに達した。なんでも売られている東京で、気づけば午後の紅茶ばかり買っていた。東京ではコンビニの横にコンビニがあって、どちらのコンビニにも午後の紅茶があった。常軌を逸していると思った。東京は午後の紅茶の楽園だった。

午後の紅茶の中で、とりわけミルクティー味が好きだった。一般的なミルクティーは茶葉の香りを保つためか、甘さ控えめに抑えられているが、午後の紅茶はそのような忖度《そんたく》をしない。舌先が溶け落ちるような甘みは中毒的で、飲み終わった後の満腹感も格別だ。朝食の代わり、スイーツの代わり、深夜の空腹を満たすために飲み続けた。3食すらも置き換えられると思えた。

甘さと未熟さは相性がよい。午後の紅茶は独り暮らしの僕に優しく寄り添った。その甘みに僕は甘えた。田舎で生まれ育った僕にとって、初めての東京はあまりに大きすぎた。人混みに酔い、満員電車に押し出され、道端で座り込むこともあった。友達は増えないまま、一人で行ける場所だけが増えていった。18年間平穏だった僕の日常は、大きく変わってしまった。だが唯一変わらなかったのが、午後の紅茶だった。午後の紅茶は田舎でも東京でも平等に同じ味がして、2つの生活の橋渡しをした。だからいくらでも飲んだ。口に含む度に不安が和らぐ気がした。僕にとって午後の紅茶は指しゃぶりやタバコと同じで、精神安定剤だった。

月日が経ち、東京での生活にも徐々に慣れてきた。山手線のラッシュにも動じなくなったし、新宿駅でも迷わなくなった。陽気に振る舞うコツも覚えて、大学で、バイト先で、つながりは指数関数的に増えていった。そうして自然と、午後の紅茶に頼ることも減っていった。あれだけ毎日のように飲んでいたのに、コンビニで見かけても通り過ぎるようになった。酒を覚えてからは完全に縁が切れてしまって、午後の紅茶をちびちび舐めながら読書をする代わりに、居酒屋で生ビールを流し込んで馬鹿笑いした。3杯も飲めば、もう味なんてわからない。ただアルコールを少しでも多く摂取して、できるだけ速やかに意識を飛ばすため、破滅を願うように飲む。どこかで見かけた大学生を演じるのが、僕の成人だった。

大学の卒業を控え、就職活動を始めると、酒の量はますます増えた。面接に落ちることは社会から拒絶されることを意味する気がして、すがるように会社を回り、酒を飲んだ。緊張をほぐすには酒が一番で、ついには面接の前にこっそりビールを飲んだ。なぜ僕は御社で働きたくて、なぜ御社の役に立てるのか。すらすらと話せたので内定が出たが、口から出たのは僕の言葉ではなく、酒の言葉だった。

就職に伴って引越しが必要になったが、その前日も昼から酔っ払っていた。朦朧《もうろう》としながら衣類をたたみ、本の山を縛り、ベッドの下まで掃除機をかけていると、ノズルの頭がこつりと何かにあたった。腕を伸ばして拾い上げると、ペットボトルだった。飲みかけの、午後の紅茶ミルクティー味だった。

残っているのは3割ほどだろうか。蓋には製造番号と、２００９年3月24日という賞味期限が記されていた。随分と古い。それはかつて荒れ狂うように飲んでいたうちの1本だった。久しぶりに会った午後の紅茶に、僕の目は釘付けとなった。

午後の紅茶。改めて見ると、なんて素敵な名前だろう。優雅でシンプルながら、どこか物憂げな印象を受ける。ちょうどこんな天気が似つかわしいと、窓から見える曇り空を見て思った。そういえば午後の紅茶は、その名の通り午後に売れると聞いたことがある。昼と夕暮れに挟まれたこの曖昧な時間帯が、僕の気持ちを尚更感傷的にさせているらしかった。

ペットボトルを床に置き、舐めるように眺める。埃まみれでところどころ凹み、ラベルは薄く色褪せていた。それでもすらりとした体軀は妖艶で、吸い込まれるような魅力があった。高価なワインボトルと並べても遜色《そんしょく》はないだろうと思った。白背景に控えめな明朝体と、トレードマークの大きな帽子を被った貴婦人。少し首を傾けてわずかな微笑を携えた女性は、アフタヌーンティーの文化を広めた人物だという。時が経過しても、午後の紅茶は午後の紅茶だった。お久しぶりです、と僕はお辞儀をした。いつの間にか、酔いはさっぱり醒めていた。

汚れたままなのは失礼な気がして、濡れたタオルで丁寧に拭いた。埃の落ちた午後の紅茶は、蛍光灯に照らされて鈍く光る。脳裏に上京した頃の記憶がフラッシュバックした。不安で胸がしめつけられる毎日だった。心細さのあまり、午後の紅茶に頼りきりだった。でも僕は一口一口を大切にしていた。自分の舌に敬意を払っていた。味も香りも気にせず、ただアルコールを胃に放り込んでは吐き出す現状に比べると、なんと質量のある日々だったか。

　古今東西あらゆる酒を浴びた僕の舌は鈍り、胃は腐り、心は朽ちてしまったと思えた。違った。午後の紅茶と相対したときから、舌先がもやもやとうずいていた。胃がぴくぴくと震えていた。何より、これから社会という大海に飛びこんでいく僕の心は、上京した当時のように不安だった。いくら都会に溶け込んだつもりで酒に溺れても、舌も胃も心も、あの頃からなんら成長していなかったし、退化してもいなかったのだ。

　このペットボトルはどう考えてもゴミだろう。飲めたものではない。頭ではわかっていても、とても捨てる気にはならなかった。思い出の品であること以上に、午後の紅茶が、確かに僕に呼びかけたのだ。

「いまのあなたにも、私が必要でしょう」

優しい言葉は、虚勢を張った僕の胸中を見抜いている。まだ成熟しきらない僕は、まだ午後の紅茶に甘える必要があった。

その日から、「彼女」との生活が始まった。

冷蔵庫の奥に飾る。冷やす必要はないが、彼女のおさまるべき場所だと思った。ほかの飲み物にも見劣りはしなかった。酒を取り出す代わりに、彼女を取り出してお日様にあてた。あるときは恍惚と見とれ、あるときはそっと撫でた。

飲みかけの午後の紅茶は長い月日を経て、真水と沈殿物とに分離していた。僕はその表情を「セパレイト」と呼ぶことにした。セパレイトの彼女は上にいくほど薄く、ミルフィーユのように多層な色合いをしていた。てっぺんの真水は赤ん坊の涙のように純真だった。あるいは仕事で失敗した日には、午後の紅茶をストレスのはけ口にしてしまうこともあった。全身を掴んで、激しく振った。するとセパレイトされた真水と沈殿物が混ざり、「トゥギャザー」と呼ぶ状態に変容した。トゥギャザーの彼女は濁った海のようであり、朝靄《あさもや》のかかった山の尾根のようであった。幽玄な姿に、僕のざわついた心もすっと落ち着いた。

彼女はとうに紅茶飲料以上の存在になっていた。そのまま10年が経った。

料理は下手だが、嫌いではない。一度にたくさん作ると興奮する。燃え上がるコンロの傍らで包丁を振り下ろし、背後では炊飯器が蒸気を噴きながら電子レンジが鳴る。魚、野菜、肉、調味料。目まぐるしく主役が移り変わり、実食にむけてストーリーが展開していく。さながら演劇のようだと思う。台所の台は、舞台の台であった。

メインステージとなるシンクは幅が狭いので、小道具を素早く片していく必要がある。多方向から照明を当てて、レシピの台本を読む。たまに台本から逸脱して、アドリブの味付けをかますのもいい。常にリハーサルなしの、一発勝負。

千両役者たちが待機する楽屋は、もちろん冷蔵庫だ。最近買い換えたもので、扉の内面にたっぷり飲み物を収納できるのが気に入っている。牛乳、ビール、お茶、オレンジジュース。そして最後尾で出番を待っているのが、彼女である。

そう、10年間捨てずに持ち続けてきた午後の紅茶のことだ。引越しの度に捨てるべきか迷ったが、結局次の家へと運んできた。喜びのときも悲しみのときも、いつも彼女は冷蔵庫で冷えていた。書斎に飾ってみたり、寝室に置いてみたり、一緒に風呂に入ってみたりしたけど、彼女もやっぱり、この場所が一番落ち着くようだった。

彼女との共同生活は極めて快適で、不満はなかった。だが10年という節目を迎えるにあたり、そろそろ気になることがあった。ほぼ密閉状態にあるとはいえ、飲みかけだ。彼女への失礼を承知であえて言うと、不衛生ではないか。不衛生なものを冷蔵庫に入れておくのは、とりわけ不衛生ではないか。その上ペットボトルは放っておくと爆発するようだし、ともすれば危険ではないか。

少し言い過ぎた。彼女を疑っているわけではない。ただ10年間一緒に暮らしてきて、互いを知らなすぎると思う。もっと関心を向け合うべきだと思う。だから彼女がいま一体どのような状態にあるのかを、こっそり調べてみることにした。身辺調査みたいで気が引けるが、これも僕らの将来のためだ。

「一般生菌数」という指標がある。食品の汚染程度を測定する指標であり、食品会社や飲食店などの検査で用いられる。この指標を測ることで、もっと彼女を知ろうと思った。

測定には専門的な技術が必要になるため、検査は委託することにした。唯一個人からの依頼も受け入れてくれる研究所を見つけ出し、連絡をとると、液体の一部を郵送するよう求められた。しかしそのためには、ペットボトルの蓋を開けなければいけない。10年ぶりに、午後の紅茶を開封することとなった。

キャップは固く締まっていた。宝箱を開けるような高揚と、爆発物を解体するような恐怖が同居する。暴発したらどうしよう。異臭が広がったらどうしよう。僕はそれで彼女を嫌いになってしまうだろうか。そんなことで10年の付き合いが終わってしまうのだろうか。指に力を入れ、キャップをひねると、動いた。午後の紅茶が、10年ぶりに一糸まとわぬ姿を見せた。

鼻を近づけても、臭いはしない。小型の臭気センサーをかざしてみたが、反応がない。死んでしまったのだろうか。慌てて彼女を振ってみると、トゥギャザーの姿を見せた。よかった、いつもの彼女だ。ほっとしたような肩透かしを食らったような、とにかくこれで検査に出せる。

なお検査の比較対象として、コンビニで買ってきた新品の午後の紅茶も、併せて送付することにした。最近ボトルデザインがリニューアルされたらしく、幾何学的な模様がシャープである（言うまでもなく、僕は10年前のクラシックな姿が好きだ）。小瓶を２つ用意して、「古」「新」と書いたラベルをそれぞれに貼り、大さじ１杯の午後の紅茶を入れた。容器に入った２つの液体を並べると、まるで別の飲み物に見える。新しい午後の紅茶が放つ杏《あんず》色には、いかにもミルクティーという感じの、みずみずしい若さがある。一方の古い午後の紅茶は随分と暗く濁っているが、僕に言わせれば、これは風格である。賞味期限も迎えていない小娘なんぞに負けぬという、彼女のプライドを感じる。僕も一緒に誇らしい気分になりながら、２つの小瓶を封筒につめ、研究所へと郵送した。

数週間後、返送されてきた青い封筒を開けると、領収書と、検査結果の用紙が入っていた。そこには今回の検査が「標準寒天培地法」で実施されたことが説明されている。よくわからないが、寒天で検査できるとは驚きである。「ｃｆｕ」というのが菌数の単位で、１㎖あたりに存在しているｃｆｕの値で、汚染の程度が表現されるようだ。コロニー形成単位といって、細菌検査の結果に広く使われるらしい。

まず「新」、つまり新品の午後の紅茶から確認すると、結果は10ｃｆｕ未満。これは菌数がほぼ観測されない「不検出」を意味する。さすがは新品の午後の紅茶である。

続いて肝心の「古」、つまり10年間飲みかけの午後の紅茶の番だ。彼女はどの程度細菌に侵されているのか。数字いかんによっては、今後の付き合い方が変わってくる可能性もある。知りたいけど知りたくない。だけど知らなくてはいけない。合格発表を告げられるような気持ちで、僕は片目を薄く開けた。用紙に記載された数値は、10ｃｆｕ未満。へ、と間の抜けた声が出た。新品の午後の紅茶と、同じではないか。

どういうことだろう。10年間飲みかけの午後の紅茶も、一般生菌数が不検出だというのだ。測定する指標を間違えたのではないか。それとも10年経つと、逆に菌など死滅してしまうのか。理由はわからないが、いずれにしても僕の誤解だった。ほっとして彼女を抱きしめる。疑って申し訳ないと素直に謝る。セパレイトの彼女は大丈夫だと、これからも一緒だと、そんなふうに囁《ささや》いた。

だがしかし。

それでも僕は、10年間飲みかけの午後の紅茶に別れを告げたい。

美しい容姿に、一般生菌数10ｃｆｕ未満。そんな彼女と、なぜ別れるのか。そもそも僕と午後の紅茶は、どういう間柄なのか。これまで彼女との関係性をはっきりさせたことはなかった。そこに触れると築き上げたものが崩れてしまうと恐れたから。彼女も承知していたと思う。つかず離れずの曖昧な駆け引きが適度な刺激となって、僕らはこれまでやってこられた。

だがそろそろ、明確にしなければいけない。僕はもう、ペットボトル飲料に執着を持つべき年齢ではない。ここまで散々頼ってきて、酷い仕打ちであることは自覚している。でも僕は、彼女から卒業しなければいけない。社会の海に飛び込んでから随分と経って、それなりに順調に泳いでいる。誰かに甘える必要はなくなった。関係に終止符を打つときがやってきたのだ。

彼女と、別れる。しかし一緒にいるのが当たり前の生活を10年も送ってきて、一体どうやって別れたらいいのかわからない。困った僕はまず巷《ちまた》に溢れる「片付け術」に活路を求めた。午後の紅茶と別れることは、客観的にみればペットボトルを捨てる行為であるからだ。

　中でも片付けコンサルタントとして世界に名をはせる「こんまり」氏の番組は興味深かった。番組内では氏の指導により、相談者の部屋が瞬く間に整理整頓されていく。一気に短時間で捨てるのが、こんまりメソッドらしい。山のような洋服や書類が処分されるさまは実に爽快だが、捨てるための判断基準は「ときめくか、ときめかないか」というシンプルなものだった。モノを手に取った瞬間に、「Spark Joy（ときめき）」を感じるなら残すべき、そうでなければ捨てるべきだ、という理論である。また実際に捨てるときは、捨てるモノへありがとうと念じるのが大切だと繰り返されていた。謝罪ではなく、感謝を伝えることで、気持ちに整理がつくという。

　参考になる点が多々あるが、しかし午後の紅茶に通用するとは思えなかった。そもそものところ、彼女は単なるモノではない。別れを想像しただけで、心を素手で握られるように苦しい。強い愛着は強い未練と変わり、僕の手足を縛っている。

　前提が間違っていたのだ。僕に必要なのは別れ方ではなく、別れとの向き合い方だ。別れに際し、あるべき心の姿を見つける必要がある。そうして僕は別れの文献を漁《あさ》った。『ロミオとジュリエット』の舞台では、「別れはこんなにも甘く切ない」という台詞があった。古今東西、別れは甘いとも苦いとも、希望とも絶望とも受け取られていた。どれもしっくりこなかった。

　そうして悩みの果てに帰着したのは、「さようなら」の5文字だった。英語では、Good

bye の由来は神の御加護にある。See you は再会を約束し、Farewell は相手の元気を願う。だが「さようなら」の語源は、「左様なら」だ。「そうであれば」という意味の接続詞なのだ。そんな説に出会って、すっと氷解するところがあった。

別れたくない。だけど別れなければいけない。どうしようもない状況を悲しむのではなく、感謝するのでもなく、ただ静かに、左様なら、と受け入れる。気持ちを呑み込み、心に区切りをつける。10年来の僕らを分かつのは、そういう態度だと思った。

僕は筆をとって、さようならの手紙を書く。

別れの日。空から涙のような雨粒が流れ落ちる、千秋楽の午後。僕はシャワーを浴び、糊のきいたワイシャツに衣装替えする。彼女はシンクの上に凛と立って、外の雨模様を眺めていた。いつもと変わらぬこの舞台に、緞帳《どんちょう》を下ろすときがきた。

天井を仰いで深呼吸する。手紙を開き、気持ちが変わらないうちに、終わりの台詞をこう切り出す。

「君と出会って、10年が経ちました」

うす暗い台所には、それより暗い僕らの影がぼんやりと浮かんでいる。息を吸い込むと、窓の隙間から入り込んだ雨の匂いが鼻を通り抜けた。僕は自分に言い聞かせるように、ゆっくりと言葉を吐き出していく。

「何度も言おうとして、踏みとどまってきた。でも決心を固めたんだ」

読むべき台本が重石みたいに、喉の奥に沈んでいる。思わず冷蔵庫のウイスキーに手を出しそうになったが、じっと堪えた。酒の言葉ではなく、僕の言葉が必要だった。代わりに新品の午後の紅茶をグラスに注いで、一息に飲み干す。目を閉じ、そして開いて、僕はついに告げる。

「別れよう」

ざあざあ。ざあざあざあ。打ちつける雨粒が、この世のすべてを濡らす。

感情が溢れ出しそうになって、僕は誤魔化すように、矢継ぎ早に言葉をつないだ。

「一般生菌数は10ｃｆｕ未満。異臭もしない。それでも駄目なんだ。僕もいい歳だし、仕事も順調だし」

続きが読めない。触れるべき核心の周りを、衛星のように回り続ける。彼女はじっとこちらを見つめていた。台本に頼るのはやめだ。僕は手紙を閉じた。いまこの瞬間に浮かんでくる僕の言葉を、そのまま伝えるのが礼儀だと思った。

「僕は前に進みたい。だから」

彼女が何かを言いかけたが、遮って続ける。

「だから、ごめん」

稲光が裂け、暗転した台所を一瞬照らした。僕と彼女の影絵が、スクリーンのように壁に映し出される。

午後の紅茶は、これからも飲み続けるだろう。でも君という個体とは、今日でお別れなのだ。今生に区切りをつける5文字を、現実を受け入れる5文字を、10年間言えなかった5文字を、この場ではっきりと口に出す。

「さようなら」

雨音だけが響く。彼女は口をつぐんで、こちらを見ている。緑色のゴミ袋を広げた僕は、断腸の思いで彼女を手に取った。そのときだった。

電撃が僕を貫いた。雷が落ちたのかと思ったが、それは僕の胸から発せられ、脳天へと突き抜ける一撃だった。別れの悲しみ、寂しさ、未練。いやどれも違う。

これは。

Spark Joy.

僕は確かにときめいていた。

社会に慣れて、たとえ仕事が順調でも、時折感じる息苦しさがあった。酒を飲んで語った志望動機のように、台詞を棒読みしているような虚しさがあった。そんな僕の薄っぺらさを、彼女はとうに見透かしていた。それでも彼女はいつだって静かに微笑んで、僕のそばに寄り添ってきた。舞台に立って演じる僕も、舞台から降りた僕も、彼女はどちらの僕も許した。稲妻のように走るときめきは、10年で固く接着された絆であった。引き剥がすなんてこと、できるはずもない。

気がつくと僕は彼女に飛びついて、両手で握りしめていた。凹んだラベルに触れた途端、糸がぷつんと切れた。僕は獣となった。荒々しく彼女を掴み、上下に振った。激しく振った。何度も振った。10年分の想いを込めて振った。このときめきが伝染することを願った。どれだけの間、振ったのかわからない。気づけば午後の紅茶はトゥギャザーして、ぐったりと横たわっていた。彼女は少し眠たそうな声で、ありがとうと言った。

僕は彼女と共に生きようと決めた。もう別れたくない。これからも一緒にいたい。

しかしまだ問題がある。ペットボトルだ。このままでは、いつかペットボトルが破裂してしまうかもしれない。あるいはキャップが緩んで漏れたり蒸発したりして、少しずつ減ってしまうかもしれない。10年という月日を経て、ペットボトルは遅効性の毒のように、彼女をじわじわと蝕《むしば》んでいた。

ここで問うべき哲学があった。「彼女」とはなんだろう。微笑をたたえる貴婦人のラベルだろうか。緩やかにカーブするポリエステルの曲線美だろうか。どちらも彼女を構成する一部であることに違いない。だが彼女の本質ではない。ペットボトルは彼女の義体であり、殻である。心と心で結びついた僕らにとって、もはや外側に囚われる必要はない。重要なのは殻に守られた繊細な褐色の液体だ。それこそが彼女の魂であり、午後の紅茶であった。

僕は彼女を救い出し、永遠に閉じ込めたいと思った。だからそうすることにした。

ダイヤモンドの形をしたゴム型を用意する。その中に「紫外線硬化樹脂」と呼ばれる樹脂を流し込む。ＵＶレジンとも呼ばれるこの素材には、紫外線を浴びると硬化する性質がある。そして今度は午後の紅茶をスポイトで吸い出し、樹脂のくぼみにそっと垂らす。上からまた樹脂を被せたら、準備は完了だ。

ＵＶライトの照射装置にゴム型を設置し、スイッチを入れる。青白く光る装置は、小型の日焼けサロンのように見える。３分ほど紫外線を当て続けると、午後の紅茶は液体の姿を保ったまま、周りの樹脂が完全に固まった。クリスタルのように光る、僕らだけの牢獄。彼女の魂はこうして閉じ込められた。

透明な樹脂の奥に、午後の紅茶が見える。雷鳴が轟《とどろ》き、白く煌《きら》めく。ライトで加熱された表面はほんのりと温かく、彼女の体温を感じるようだ。クリスタルを振ると、樹脂に囲まれた彼女がゆらゆらと揺れた。岩場に打ちつける波のように、パシャパシャと鳴った。

彼女が僕のままの僕を許したように、彼女に彼女であって欲しかった。だから僕は彼女を舞台から降ろし、代わりの場所を用意することにした。部屋を隅々まで見渡せる、高窓の窓辺に彼女を飾った。

あの日々。霧の中を手探りで歩くみたいに、底のない沼でもがくみたいに、がむしゃらに午後の紅茶を飲み続けた日々。

あの日々。乾いた笑い声を飲み屋で吐いて、安い酒をトイレで吐いて、行き場のない感情をぶつけた日々。

10年の月日はクリスタルに閉じ込められ、部屋のてっぺんで燦然《さんぜん》と輝きを増す。

茶葉を浸したお湯に色が滲んでいくように、じんわりと広がる記憶をいつまでも楽しみながら、僕と彼女の午後は過ぎていった。

私は暗闇に横たわっておりました。埃にまみれ、酸素も薄いようでしたが、ペットボトルの身体には支障ありません。唯一の後悔といえば、このまま捨てられずに朽ちてしまうことでしょうか。もちろん紅茶飲料としては飲まれることが本望ですが、残されたのなら致し方ない。ただ、せめて捨てて欲しい。捨ててもらえれば、私は役割を終え、来世で新しい天命を授かるのです。役割も果たせず、ただ醜く老いていくのは、なにより耐えがたい苦痛でした。

　とある夕暮れ前のけだるい午後、私は不意に拾い上げられました。久方ぶりに顔を合わせた男の口からはアルコールのひどい悪臭がしましたので、すっかり好みが変わったようです。当然そのまま処理されることを期待しましたが、男は私をじろじろ眺め、やおらタオルで拭き始めました。なにを考えているのでしょう。お久しぶりで

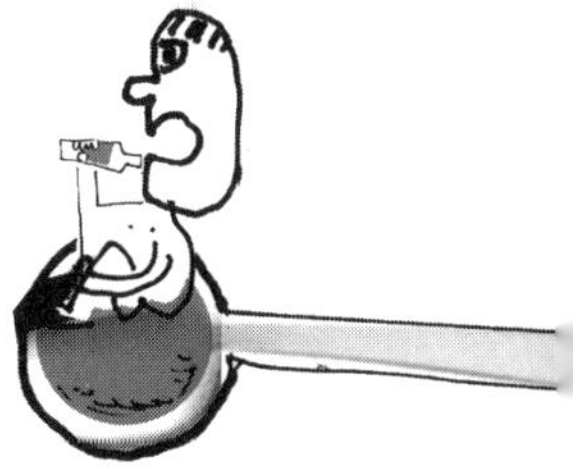

すなどと言われたところで、臭いますね、くらいしか申し上げられません。男はこちらを熱心に見つめてくるので、私は怒りを込めて睨み返しました。しかしあろうことか、男はそのまま、私を冷蔵庫にしまったのです。冷蔵庫には若い飲み物たちが並び、場違いの私は肩身の狭い思いをしました。

　そこから落胆の日々が始まりました。冷蔵庫から取り出されるたびに、ようやく捨ててもらえるのかと期待しました。しかし男には一向にそのつもりはないようで、私を撫で回したり、振ったりしました。何故なのか。私は恐怖しました。ご承知の通り、ペットボトルは撫でるものでも、振るものでもありませんから。一体なにが楽しいのか、しばらくすると男は満足げな表情でまた冷蔵庫に戻します。からかわれたような気持ちになって、私は憤りました。こんなことならば、ベッドの下で朽ちた方が幾分ましでした。その後も毎日のように冷蔵庫を開けては、男は語りかけてきます。理解できませんでした。台所を離れ、ほかの部屋にも連れ回されましたが、どこにも居場所はありませんでした。お風呂で気持ちよさそうに溶けていく入浴剤を目にし、私もあんな風に、美しく消えられたらと嘆きました。しかしその晩も結局、男は私を冷蔵庫へと戻すのでした。

　ただそんな生活も十年続くと、どこか諦めのような気持ちが芽生えていました。男のことは未だ疎ましく思っていましたが、私は台所の重鎮として、若い飲み物にも尊敬される存在となっていました。十年という年月を生き抜いてきたのは、冷蔵庫を見渡しても私だけでした。男は一度入れた野菜や乳製品を放置しがちでしたから、そういったものたちから相談を受けることも増えました。自分が飲みかけであることすら忘れて、私は先輩として熱心に助言しました。これが私の新たな役割かもしれないと思い始めていました。冷蔵庫に、新品の午後の紅茶がやってくるまでは。

　洒落たボトルに甘い香り。男の冷蔵庫には初めてのタイプでした。新品の午後の紅茶は、瞬く間に台所のアイドルとなりました。葱も卵も、牛乳までもが私そっちのけで、新品に夢中になりました。古株として張り切っていた私は、軽んじられたように感じ、ひどく落ち込みました。と同時に、冷静に思い出してもいました。痩せこけた身体に、飲料とは思えぬ濁った色。私は捨てられるべき午後の紅茶でした。

再び居場所を失い、陰鬱と冷えていた雨の日。男はおもむろに私を取り出すと、シンクの上に置きました。男の思い詰めた表情と小綺麗な服装に、事情があることが察せられました。男はぶつぶつとなにかを唱えながら、新品の午後の紅茶をグラスに注ぎます。そして空になったペットボトルを捨て、グラスを一息に飲み干しました。

飲まれ、捨てられる新品と、飲まれも捨てられもしない私。こんなあてつけをするために、男はわざわざ着替えてきたのでしょうか。怒りを通り越し、絶望すら覚えました。しかしその時、男が発した言葉に、私は耳を疑ったのです。男はゴミ袋を広げ、私に向かって、さようならと言いました。

突然のことに、どう振る舞えばいいかわかりませんでした。ようやく捨ててもらえる。役割を全うし、生まれ変われる。いざ望んでいた状況が訪れると、緊張で全身がこわばりました。

強い雨です。雷が鳴りました。右手に私、左手にゴミ袋を握ったまま、しかし男はいつまでも私を捨てようとしません。じっと目を見開いていました。男の異様な顔つきに、私も視線を外せず固まっていました。どれくらいの時間、見つめ合ったでしょうか。もう一度雷が鳴って、男は私を抱きしめました。何故なのか。そしてさらに不思議なことに、そこには安堵する私がいたのです。男はまた私を振りはじめましたが、悪い気はしませんでした。ゆりかごのような心地がして、私は意識を失いました。

　目を覚まし、自分の姿を目にした驚きを、忘れることはないでしょう。高窓に反射する私はペットボトルの身体を離れ、眩く光るクリスタルをまとっていました。濁っていたはずの私の褐色は、クリスタルの中で鮮やかに揺れています。そうして私は気づきました。醜く老いたと思い込んでいたのは、私を構成する一部に過ぎなかったことを。私は、私の表面しか見えていなかったことを。私を軽んじていたのは、ほかならぬ私であったことを。

　私は今日も一番高いところから、この部屋を見守ります。こうして眺めてみると、案外と悪い部屋ではありません。部屋の面々から向けられているのが、尊敬の眼差しなのか、あるいは好奇の眼差しなのかはわかりませんが、誰になんと思われようと、私は今の自分に、ときめきを感じています。捨てられなくても、生まれ変わらなくても、私は私のまま輝けるのです。そうやって今日も、私の午後が過ぎていきます。

取扱説明書554冊からたどる或る男の人生

リビング

取扱説明書を読破したことはあるだろうか。僕はない。説明書は前から順に読んだりはしない。だからそこに誰かの人生が潜んでいたとしても、想いを馳せることもない。

台所のそばにはリビングがある。テレビとソファと食卓が置いてある。リビングはlivingと書くから、生きるための部屋である。日本語では居間だが、こちらも居る部屋を指す。そのままだ。くつろぎの場所、団欒《だんらん》の場所、人生の場所。人がありのままの生活を送る部屋が、リビングである。

そして僕のありのままといえば、ソファで寝そべり、床で寝そべり、起き上がっていることはほとんどない。食事の際はかろうじて上半身をあげているが、完食と同時に倒れ込んで絨毯《じゅうたん》に頬擦りをする。僕のリアルなlivingがこの部屋にある。

だからリビングを片付けるのは、この世で最も億劫《おっくう》な作業の一つである。掃除を試みても、リビングに足を踏み入れた途端、怠惰の重力で腰が砕けてしまう。部屋のモノたちからも、動きたくないと同調する声が聞こえてくる。

そんなときに役立つのが、リビングの隅に置いてある大きな段ボール箱だ。引越しの際そのままにして以来、ずっと鎮座している。片付け先に困ったら、とりあえずこの箱にしまえばいい。決意で終わったランニング用の運動着や、飲み忘れて余った錠剤。いつか大掃除するための道具や、机を組み立てたときに余ったネジ。モノとゴミのグレーゾーンに位置する有象無象が、取り出されることのないまま眠っている。

中でも代表的なモノが、取扱説明書だ。使う機会はほとんどないが、万一必要になるかもしれない。だけど整理するほどの魅力もないから、とりあえず放り込んでおく。そうやって何冊もの説明書が、箱の中で重なってきた。中でも最も古い説明書は、16年前にも遡る。タイトルは「FOMA P900i」。高校生のときに使っていた、いわゆるガラケーの説明書だ。Pとはメーカーである Panasonic の頭文字を指している。さすがにもう使う機会は訪れないが、捨てるにはあまりに重く、分厚かった。

その厚さたるや、４８４ページに及ぶ。説明書界隈でも屈指のボリュームだろう。思うに、携帯電話の説明書というのは、世界で最も読み終えられることのない本の一つではないだろうか。カントやドストエフスキーに比肩《ひけん》する重厚な佇まいに、ある日、思わず目が留まった。そうしてソファで寝転がりながら、何気なく表紙を開いたのが、物語の始まりだった。

ページをめくる。懐かしい単語が並ぶ。iモード。ワンセグ。センター問い合わせ。届いて欲しいメールが届かなくて、アンテナを振り回した日々を思い出す。

「メール」の章では文字の入力から送信方法まで丁寧に説明されていて、サンプルの本文が添えられていた。例えば「会議開催案内」というタイトルのメールでは、〈docomo.taro〉なるアドレスから新携帯電話に関する会議の案内が送信されている。あるいは動画の添付方法を説明するセクションでは、「打ち上げの動画」というタイトルでまたも〈docomo.taro〉が動画を送っている。

このようにドコモの取扱説明書のサンプルメールには、〈docomo.taro〉が頻繁に登場することに気づいた。巻末にあるチャット機能の解説では、〈ドコモ太郎〉という彼のフルネームが表示されている。渋谷に映画を観にいこうと、ドコモ太郎はチャットで誰かを誘っていた。

新携帯電話の会議を開催し、打ち上げの動画を送り、渋谷で映画を観るドコモ太郎。

ふと気になった。もしこれらのメールが実在したとしたら、ドコモ太郎とはどんな人物なのだろうか。一体彼は、どんな日々を送っているのだろうか。

ほかのドコモの説明書を読んでみたら、そこにもドコモ太郎は現れるのかもしれない。

時折現れるドコモ太郎の断片を集めることで、彼の人生が見えてくるかもしれない。ドコモ太郎の living を、もっと知りたい。

　好奇心の赴くままドコモのウェブサイトを調べてみると、嬉しいサプライズがあった。ガラケーからスマホまで、高齢者向けの「らくらくホン」からキッズ向けケータイまで、あらゆるメーカーの、あらゆるドコモ携帯の取扱説明書が閲覧できるではないか。その数なんと５５４冊。ドコモにはこんなにも多くの携帯電話が存在していたのか。これだけ説明書があれば、ドコモ太郎をより深く理解できるはずだ。全部読もう。

　説明書には様々な形式で、メールやチャットの例文が掲載されている。ドコモ太郎を知るためには、その中からドコモ太郎が送受信に登場しており、かつ本文に彼の行動が記載されている例文を探していけばいい。

　こうして取扱説明書５５４冊、総ページ数にして約20万ページを漁り、ドコモ太郎の人生をリビングでたどり始めた。

※具体的には、以下の条件で例文を選定していく。

条件１：ドコモ太郎の関わりを客観的に判断できること。宛先や送信元に〈ドコモ太郎〉の文字があったり、ドコモ太郎らしきアドレスが使用されたりしていること。あるいは文脈から明らかであること。

条件２：メール本文に、ドコモ太郎の人柄や行動の手がかりとなる文章が掲載されていること。つまり本文がなかったり、テストメールのような機械的な例文は除外する。

朝起きては説明書を読み、寝る前に説明書を読む。タブレット端末を片手にソファに寝そべって、あるいは床に転がって、ドコモ太郎に目を走らせる。１冊１冊の説明書には心躍るエピソードこそないけれど、過去から順を追っていくことで、携帯電話の進化が垣間見える。

初期はメールの仕組みを解説していた説明書も、次第に高度な内容が中心となっていく。携帯電話が普及し、人々がメールに慣れてきたからだろう。途中からはデコメールと呼ばれる装飾機能つきメールも登場し、そういう新機能に伴って説明書はどんどん分厚くなっていく。

この流れを変えたのは、２００８年頃のスマートフォンの登場だ。スマホの説明書はガラケーに比べるとシンプルで薄い。ドコモ史上最長の説明書はガラケーの「FOMA らくらくホンⅢ」で、７２４ページにも及ぶ。一方でスマホの「GALAXY NEXUS SC-04D」は68ページ、最新の「Google Pixel 5A」に至ってはわずか４ページの冊子しか存在しないのだ。

ただいずれにもドコモ太郎が登場する可能性は拭えないので、すべての説明書を平等に確認していく。だんだんとドコモ太郎が出てきそうなページには勘が働く特殊能力が身について、スピードが飛躍的に向上した。この能力はどこで役に立つんだろう。使わない商品の説明書を読む意味はなんだろう。ちっぽけな疑問は心の奥底にしまって、探偵になった気分でドコモ太郎の痕跡をかぎつけ、記録していく。団欒の部屋リビングで、毎朝毎晩ドコモ太郎と会話を交わした。読む、見つける、メモする。読む、見つける、メモする。

そうして１ヶ月かけて５５４冊の説明書を確認し終わった僕の脳内には、壮大なエンドロールが流れ始めた。しかしまだ終わりではない。抽出されたドコモ太郎のピースを組み合わせ、人生のパズルを完成させていく。

まず、条件に当てはまる形でドコモ太郎が登場したのは合計８４４回。説明書１冊あたり平均１・５回ということになる。少ないと思われるかもしれないが、これはメーカーごとに偏りがあるためだ。例えばサムスンやファーウェイなどの海外メーカーの説明書には、ドコモ太郎は一度も登場しなかった。やはり太郎が日本人名だからだろうか。一方でシャープの説明書には平均３回、三菱電機の説明書には平均６回登場するなど、ドコモ太郎が重宝されている。

そして８４４通のほとんどのメールに掲載されている、送信日時に注目したい。例えば冒頭に紹介した「会議開催案内」というタイトルのメールは、2004/05/26/10:00に送られたらしい。この情報を活用すれば、ドコモ太郎の行動を時系列で追うことができる。

こうして８４４通のメールが整理された長い長い年表が完成した。２００４年４月27日から始まった記録は、2019年12月13日まで15年に及んでいる。この年表に、ドコモ太郎の人生が凝縮されている。それでは始まりの2004年から、彼の過ごした日々を追体験していきたい。

※なお異なる説明書で同じメールが掲載されていることもあるが、その場合も送信日時を活用する。つまりメール本文の内容が同じでも、送信日時が異なれば別の行動記録として扱う。逆に送信日時も内容も同じであれば、重複と考えてカウントしない。また送信日時が明記されていない一部のメールについては、当該説明書における別のメールの日時を参照した。

2004年

記念すべき1日目は、2004年4月27日。ドコモ太郎を送信元（From）とする、旅行に関するメールから始まる。

04/04/27 07:11
From：ドコモ太郎

タイトル：お疲れ様です。

好天に恵まれすばらしい北海道を満喫できました。旅行記をホームページにアップしましたので、デジカメの写真とともにお楽しみください！　感想、ご意見はこちらまで連絡を。

（参照：F900i 取扱説明書。ただし本文は簡略化して表現してある。以下同様）

ドコモ太郎は北海道へ旅行し、旅行記をホームページにアップしている。さらに写真とともに、感想とご意見まで求めている。相当な承認欲求である。そしてこの本文と同じメールが、２００４年だけで４月27日、７月12日、８月20日と３種類の送信日時で登場する。前述の注意書きの通り、送信日時が異なることから、これらは別々の事象として扱う。つまりドコモ太郎は２００４年に３回北海道へ行き、そのすべてをブログに記し、毎回誰かに報告しているのだ。確かに夏の北海道は涼しくて魅力的だが、毎回読まされる側の気持ちを考えて欲しい。

また、こんなメールもある。こちらは先ほどとは逆に、宛先（To）がドコモ太郎に設定されている。つまり誰かがドコモ太郎へ送信したメールだ。

04/12/13 22:15
To：ドコモ太郎
タイトル：こんばんは
昨日はどうも。先日決めた曲を練習中です。それからスタジオの予約をしておきました。場所は横浜です。

（参照：N900iL 取扱説明書）

太郎はどうやら音楽活動をしているらしい。スタジオを予約するというから、バンドでも組んでいるのだろうか。ほかのメールにおいてもライブの鑑賞報告があったり、音楽ファイルを添付して送っていたりなど、相当の音楽好きであることがうかがえる。

さらに2004年のメールからは、犬を飼っていることや、携帯電話関連の仕事をしていることが読み取れた。ドコモ太郎、なかなか多趣味である。

2005年

この年には、ドコモ太郎の人生に深く関わるイベントが始まる。「ボウリング大会の開催」である。

05/01/22 15:30
To：ドコモ太郎
タイトル：ボウリング練習

明日、ボウリング大会にむけて練習を行います。時間は午後7時。場所は、いろはボウルです。

（参照：SH901iC 取扱説明書）

たかがボウリングと侮《あなど》ってはいけない。この大会、なんと２００５年だけで7回も開催されているのだ。破竹の勢いである。恐らく社内イベントだと思われるが、どれだけボウリングが盛んな会社なのか。しかもその度に集まって練習するようだから、尋常ではない。もしかするとボウリング好きの上司に無理やり付き合わされるような、ブラック企業かもしれない。だとしたら太郎が不《ふ》憫《びん》でならない。なぜならこれから14年間、ボウリング大会は延々と実施されるのだから。本人の意向は定かではないが、ドコモ太郎の人生とボウリングは切っても切り離せないのだ。

また２００５年の特徴として、〈携帯花子〉という人物からドコモ太郎に向けて、こんなメールが送られている。

05/05/11 15:05
From：携帯花子
タイトル：彗星がきます

彗星は明日12時ごろ地球へ接近する予定です。きっときれいですよ。

（参照：SH702iD 取扱説明書）

不気味なメールである。しかも２００５年だけで同様のメールが７回届いている。彗星がそこまで頻繁に接近するものだろうか。携帯花子には虚言癖があるのかもしれない。あるいはおかしなメールを送信することで、太郎の気を引こうとしている可能性もある。太郎だけでなく、携帯花子の動向にも注目していきたい。

２００６年

２００６年の４月、「春子さん」という人物の歓迎会準備の案内が、ドコモ太郎に送られてくる。

06/04/16 15:00
To：ドコモ太郎
タイトル：春子さん歓迎会準備

　打ち合わせをしたいと思います。時間はPM8:00。場所はいつもの喫茶店です。地図を添付したので、見てください。よろしく。

（参照：SH702iD 取扱説明書）

　驚くべきはこの春子の歓迎会、1年で5回も定期開催されるのだ。はじめは余程手厚く歓迎されているのかと思ったが、入社から1年経っても歓迎会が開かれるのは不自然である。

　そこで僕はある仮説を立てた。もしかして偶然、春子という同じ名の人物が複数名入社したのではないか。春子の大量採用である。確からしさは不明だが、この世界では春子という名前の女性が多いのかもしれない。僕は強い気持ちでこの説を採用することにした。2006年時点では春子の苗字はわからなかったから、例えば鈴木春子、田中春子、山田春子……多様な春子が会社にいた方が、ボウリング漬けの会社員生活にドラマを添えると思ったのだ。しかしこの大胆な仮説が、のちの悲劇につながる。

２００６年のほかの事象としては、太郎が犬に加え、猫も飼っていることが発覚する。やはりかなりの動物好きのようだ。そして相変わらず携帯花子なる人物からは、彗星に関する不気味なメールが届き続ける。本当に怖い。そろそろ通報するべきではないだろうか。

２００７年

２００７年にはさらに新しい猫を１匹、新しい犬を２匹飼うことにしたようだ。これでペットは５匹となった。ボウリング大会のストレスを、動物で癒しているに違いない。

さらにこの年に些細な、しかし重大な意味を持つ変化が訪れる。何度も歓迎会が開催されてきた「春子さん」の表記が、しれっと「ドコモ春子さん」に変更されたのだ。

07/03/23 10:18
To：ドコモ太郎
タイトル：ドコモ春子さん歓迎会準備

打ち合わせをしたいと思います。時間は PM8:00。場所はいつもの喫茶店です。地図を添付したので、見てください。よろしく。

（参照：SH703i 取扱説明書）

これはもしかして、そういうことなのか。太郎の幸せを願ってきた僕は、すぐに感づいた。春子さんはドコモ太郎と結婚して、ドコモという姓になったに違いない。社内結婚である。おめでとう。

しかしそう考えると、毎年何人ものドコモ春子が入社してきている事実と辻褄《つじつま》が合わない。幸せを願ったあまり、太郎の人生に矛盾が生じてしまった。だが僕は、矛盾を打破する恐ろしい仮説にたどり着いたのだ。

入社した春子さんの全員が、ドコモ太郎と結婚したのではないか。

きっとこの世界では、多妻制度が認められているのだろう。だから大量の春子が入社する度に、ドコモ太郎は結婚を繰り返し、次々とドコモ春子が誕生する。ドコモ春子が大増殖する。そうなると２００７年の終了時点で、すでに10人のドコモ春子を妻として迎えたことになる。太郎の人生はペット以上に、多くのパートナーによって支えられていた。

ついでに、ここで初めて太郎の年齢を推計してみよう。日本人男性の結婚平均年齢を単純に当てはめると、31歳。まだまだ働き盛りである。太郎という男、末恐ろしい。

２００８年

２００８年は、ドコモ太郎が最も活動的に動き回った年だ。キャンプに行ったり、コンサートに行ったり、パーティに行ったり。友達と焼肉を食べたり、結婚式に参加したり。あまりに社交的なものだから、ついにはメールでハートマークを使い始めた。ドコモ太郎32歳、華の時代を迎えている。

ボウリング大会の頻度は増して、ほぼ毎月レベルで開催されている。その都度皆で練習に励んでいるようだが、仕事はどうしたのか。引き続き音楽活動にも積極的で、新曲を次々に生み出しているらしい。もしかしたら、太郎は本気でミュージシャンを目指しているのかもしれない。それくらいの熱の入れようである。ますます仕事ぶりに疑問が湧く。

また動物を愛する気持ちにも変わりはなく、愛犬や愛猫の写真を知人に送ったり、新しい猫をもう1匹飼い始めたというメールも発見された。そして妻のドコモ春子は、それ以上のペースで増え続けている。２００８年には8人の春子が誕生し、累計18人に達した。野球ができる。太郎はどこまで結婚を重ねるつもりだろうか。

趣味に没頭し、愛するたくさんの動物とたくさんの妻に囲まれて、幸せな日々を送るドコモ太郎が目に浮かんだ。

2009年

怒濤のボウリング大会が続く。太郎はミュージシャンよりプロボウラーを目指すべきではないか。

だがその爆発力においては、ドコモ春子も負けてはいない。前年に引き続き、この年にもドコモ春子は8人増えている。累計26人。この男、仕事でもプライベートでもストライクを連発している。

また一方で、気になる人物が再登場する。携帯花子である。あの、彗星に関する謎のメッセージを繰り返し送ってきた人物だ。実は以前から、携帯花子はドコモ太郎のことを食事に誘い続けていた。

07/09/18 16:11
From：携帯花子
タイトル：食事の店

この店はどうでしょうか？

（参照：SH704i 取扱説明書）

その時点では、僕は携帯花子のことを悪質なストーカーだと思っていた。しかし２００８年頃から変化が訪れる。ドコモ太郎のほうからも、花子の様子をうかがうようなメッセージを送り始めたのだ。花子も彗星に関する不気味な発言をいつしかやめて、楽しそうにやりとりを続けている。

そして２００９年７月25日、ついにドコモ太郎のほうから、携帯花子をショッピングセンターへと誘っている。

09/07/25 10:18
To：携帯花子
タイトル：今度の土曜日

新しくオープンしたショッピングセンターに行かない？
人気のブランドもたくさん入ってるみたいで、すごく期待できそうだよ！

（参照：SH-06A 取扱説明書）

これだけでは、太郎の思惑を読み取ることはできない。ただの仲のよい友人関係かもしれない。だが続々と増えるドコモ春子と、それに対抗するかのようにじりじりと距離をつめる携帯花子。２人の間に、太郎をめぐる見えない火花が散っているのではと邪推してしまうのだ。

２０１０年〜２０１１年

２０１０年には大きな変化はない。ドコモ春子は引き続き猛威をふるい、31人。ちょうど１クラス分だ。一方、それでも太郎は携帯花子のことを誘い続けている。また北海道に旅行する頻度は落ちてきたものの、定期的に旅行記はアップしている。

変わったことといえば、２０１１年1月21日を最後に、横浜の音楽スタジオを借りなくなった。新曲の制作活動もすでにストップしている。昔はあれだけ熱心だった音楽活動から、すっかり身を引いてしまったのである。

太郎の年齢はちょうど30代半ばに差し掛かったところ。もしかしたら、この頃に太郎は一つの夢を諦めたのかもしれない。夢を追い続けることには勇気がいるが、夢を諦めることもまた勇気の形である。新しい人生を踏み出した太郎を、僕は応援したい。

２０１２年

２０１２年、ドコモ太郎36歳。この年は大きなターニングポイントである。まず妻のドコモ春子の入社回数が10回と、ついに２桁の大台に乗った。これで累計は41人。職場が春子で埋まってしまう。

そして注目すべきはライバルである携帯花子との関係である。ドコモ太郎の行動回数における「ドコモ春子の歓迎会」と「携帯花子との接触」の割合を時系列に並べてみると、興味深いことがわかる。この年を境にドコモ春子の歓迎会が急上昇する一方で、携帯花子との接触が一気に減少するのだ。途中まで拮抗を続けていた両者の争いに、くっきりと明暗が分かれたのである。現にその後「遅くまで付き合ってくれてありがとう」という携帯花子からの意味深なメールを最後に、花子と太郎の接触は発生していない。

ドコモ春子の大量入社という人海戦術が、ついに太郎の浮気心を断ち切った。大増殖しているとはいえ、ドコモ春子たちが大切な家族であることに変わりはない。太郎にとってもよい結末だったと言えよう。携帯花子には、ぜひ別の素晴らしいパートナーにめぐり合って欲しい。

2013年〜2014年

音楽活動をやめ、携帯花子と会うのもやめたドコモ太郎。2014年を最後に、北海道への旅行も終了してしまった。だが代わりに新しい趣味ができたようである。ホームパーティだ。

13/01/09 12:00
From：ドコモ太郎
タイトル：ホームパーティの計画

来月に計画しているホームパーティについて、そろそろ詳細を…

（参照：SH-02E 取扱説明書）

この時代の携帯電話は、すでにスマホが主流である。取扱説明書のページ数はどんどんと削られていく。それでもドコモ太郎は繰り返しホームパーティを開催している。また「これから家に帰ります」というメッセージを、おそらくドコモ春子に対して頻繁に送信している。

これまで外に向いていた太郎の意識が、この頃にはすっかり家庭に集中していることがよくわかる。ちなみにこの時点では春子は57人いる。集中せざるを得ないとも言える。

２０１５年〜２０１９年

12年間かかさず参加していた新携帯電話の発表会も、２０１６年に終わりを迎える。一方でボウリング大会は続いており、ついにボウリングが仕事より重要だと判明した。ただ年を追うごとに、その数さえも減少していく。取扱説明書はどんどん薄くなり、例文が姿を消していく。

そして２０１９年12月13日。ボウリング大会、ドコモ春子の歓迎会、ホームパーティの3つのメールが、太郎の最後の登場となった。43歳になるドコモ太郎は、ここで消息を絶ったのだ。その後の行方は、誰も知らない。

振り返ってみると、ドコモ太郎の過ごした15年間とは、なんだったのだろうか。

旅行好きで、動物好きで、音楽好き。ドコモ太郎は、そんなありふれた会社員だった。

脂の乗った30代前半には、趣味に人付き合いにと、社交活動に傾倒した。危険な遊びにも手を出してしまったかもしれない。

だが彼は変わった。

自身を改めて見つめ直し、夢を諦め、家庭へと回帰していく。6匹のペットと、72人の春子と一緒に暮らしていく。

そんなどこにでもあるようで、どこにも、いや、ドコモない物語。

それが太郎の送った15年間だった。

説明書を閉じて、紺色の表紙を撫でる。無味乾燥に見えた取扱説明書にも、こうして一人の人生が潜んでいた。ドコモ太郎と僕の、ただ「居た」日々が交錯し、リビングに色を撒《ま》いた。

ふと、たまには床を磨いてみようと思った。昔見かけた雑巾を探すため、僕は立ち上がって、有象無象の段ボール箱に手を突っ込んだ。

最後に番外編として、ドコモ太郎とは直接関係のない、とある例文を紹介したい。それは２００７年のN904iの取扱説明書。チャット機能を解説するページにて、奇妙なやりとりが掲載されているのだ。登場するのは携帯四郎という人物。そして彼と会話を繰り広げているのが、あの携帯花子である。

携帯四郎が、「あの丘を越えたら、もうすぐ目的地かな？」と話しかける。どこかに向かっているのだろうか。それに対して、携帯花子はこんな返答をするのだ。

「あれ？この風景、どこかで見たような気が…」

そう。携帯花子はこのとき、すでに気づきかけていた。

僕はドコモ太郎。六匹のペットと七十二人の妻と暮らす、四十三歳の会社員だ。いまは会社のイベントを終えて、家路を急いでいる。

今日開かれたのは、入社してちょうど八十回目になるボウリング大会。携帯電話の会社に入ったのに、毎月のようにボウリングを強いられる。昔は逃げ出したくてたまらなかったが、すっかり生活の一部として馴染んでしまった。今夜もハイスコアを叩き出して上機嫌だ。

師走の冷たい風が、イルミネーションで彩られた街路樹を吹き抜けていく。昔はこの季節になると、よく北海道まで行って、スキーやスノボーに興じたものだ。ここ十五年間で、三十回は行ったと思う。その度に旅行記を書いては友達に見せて回ったが、全然読んでもらえなかった。なぜあんなに熱中していたのか、いまとなっては不思議なくらいだ。

　路上で青年がギターを鳴らしている。思わず立ち止まって耳を澄ます。そういえば僕にもあんな頃があったっけ。横浜のスタジオを予約しては仲間たちと練習した毎日。音楽で伝えたいことがあって、いつか食っていけると信じて、合計四十二曲のオリジナルソングを作った。夢は叶わなかったけど、青春の日々として脳裏に焼きついている。

　青年の演奏がＢメロに差し掛かった。いい腕じゃないか。しばらく聞いていたいが、終電を逃してしまう。今日は早く寝なければ。明日は我が家でホームパーティを開催する予定なのだ。音楽をやめてから、すっかり病みつきになってしまった。すでに三十回以上開催したが、なぜここまで惹きつけられるのかわからない。だけどとにかく仲間をたくさん呼んで、盛大なパーティを開くことが必要だと思う。

　そういえばパーティにかこつけて、あの子に連絡をとってみるのはどうだろうか。僕は何年も会っていない、とある女性を思い出していた。ひととき、淡い気持ちを抱いたことがある。いつもきっちりした格好をして、なのに不思議なことを言う人だったけど、そのギャップがミステリアスでよかった。


「何ニヤついてるのよ」

　鋭い声で我に返る。横に立って腕を組んでいたのは同僚であり、伴侶でもある春子だ。うちの会社ではボウリング大会と同じくらい、春子という社員の入社が多い。だからこうして、道端でもばったり出会ってしまう。


　春子が入社するたびに歓迎会が開かれるが、僕らはなぜか毎回恋に落ちる。数人目の春子までは美人局《つつもたせ》かと疑っていたが、もう運命だと思って受け入れるようにした。幸い周りも祝福してくれるし、愛する人たちに囲まれるのは悪いことではない。

「もう。また違う春子のこと考えてたの？」

　恐らく四十六人目の春子が頬を膨らませる。僕は慌てて否定して、手をつないで歩き始める。あの子に連絡してみようなんて、とんでもない考えだった。僕にはもう幸せな家庭があるのだから。それに七十二人を敵に回しては、いくつ命があっても足りない。

「なんか、明るくない？」

駅に入ろうとしたところで、唐突に春子が言った。もうすぐ日付が変わろうというのに、確かに急にあたりが明るい。すぐに爆発音が聞こえて、空を仰いだ。真っ暗闇を切り裂くように、一筋の長い閃光が煌めいていた。

きれいだな。まぶしいな。光が強まり、景色はどんどん白くなる。ギターを弾く青年も、春子も視界から消えていく。強い目眩《めまい》に襲われたが、悪い気はしなかった。この光は、どこか懐かしい。そうだ、昔ステージの上から眺めた、逆光するスポットライトがこんな風だったっけ。

「気づいているのでしょう？」

遠のく意識の中で、誰かの声が聞こえた。

「この世界が、ループしていることを」

聞き覚えのある、懐かしい声だ。

「同じ出来事が何度も起こって。同じメールを何度も送って」


そう。すべてはループしている。八十回のボウリングも七十二回の結婚も、実際は一回の出来事だった。独立した一度限りの事象を、何度もループしているに過ぎなかった。日々は積み重ねられたのではなく、ただ繰り返されていた。

本当はわかっていたのに、認めたくなかった。スタジオで汗を流した瞬間が、旅先の景色に感動した瞬間が、甘い恋に落ちた瞬間が、毎回リセットされるなんて。なかったことになるなんて。だから僕はループする毎日を、連続する毎日として信じ込んだ。その結果として生まれたのが、ループするよりも狂ったこの世界だった。


「でも、間もなく終わる」

声はそう囁いた。

「人々が説明を必要としなくなったから」

物事をわかりやすく説き、明らかにすること。それが僕らの役割だったと声は言う。あまりに非現実的な話だったが、すんなり受け入れることができた。旅行記を見せて回るのも、曲を作るのも、家族や仲間を増やすのも、誰かに何かをわかって欲しかったからだ。僕はずっと説明に取り憑かれていたのかもしれない。自分の存在意義を知って、むしろ清々しい気分だった。でも、果たして役に立てたんだろうか。

「あなたは、あなたの役割を立派にこなしたわ」

心を読んだかのように声は答えた。安堵感に包まれた僕は、柔らかな光に溶けていく。でも少しだけ待ってほしい。終わってしまう前に、一つだけ伝えたいことがあった。僕は喉の奥から、かすれた声を絞り出す。

「……久しぶり」

「ええ、久しぶり」

柔らかくて、温かい光に包まれながら、僕の意識は圏外へと沈んでいった。

19/12/14 00:14
From：ニュース
タイトル：緊急速報

緊急速報です。12月13日深夜0時頃、△県△市に隕石が墜落し、甚大な被害が出ているとの報告がありました。

隕石は地球に接近した、巨大彗星の一部が飛来したものであると気象庁は発表しています。

トイレ

「地球の歩き方」
100冊の
詩的な一節で
旅に出る

かつて一人旅に傾倒した。行きすぎて大学を2留した。隙あらば海を渡り、70を超える国へ行った。

旅に出る際、お供とするのが旅の案内書、ガイドブックだ。名所、写真、口コミ。旅行ガイドには多様な情報が掲載されている。現地の最新情報を正確に伝え、旅行者を案内することがガイドの目的だ。だが僕は、情報を求めてガイドを読むのではない。僕が探しているのは、ガイドの中でもこういう表現である。

密林の中に忽然と姿を現すアンコール・ワット。独自の世界観をもつ小宇宙がここにある。

『地球の歩き方　アンコール・ワットとカンボジア　2019～2020』より

小宇宙。詩的だ。アンコール・ワットの場所はGoogleマップを見ればわかるが、アンコール・ワットが小宇宙だとは誰も教えてくれない。それも旅行エッセイや小説ではなく、ガイドブックにそういう表現が載っていることがポイントである。ガイドブックはあくまでも客観的で、正確な情報が重視される。にもかかわらず、思わずにじみ出てしまった主観的な旅の記憶。そういうものに、旅情がかき立てられるのだ。

その最たる例が、旅人のバイブルとも言える「地球の歩き方」シリーズ、通称「歩き方」である。１９７９年の創刊以来、黎明期のバックパッカーブームを支え、いまでは定番となった海外旅行ガイドの金字塔だ。

地球の歩き方はガイドブックでありながら、「詩的な一節」の宝庫でもある。上述した「小宇宙」も、歩き方からの引用だ。特にバックパッカーが好む国や、比較的マイナーな地域の巻において、こういった表現を目にしてきた。

> とにかくモロッコという国はあらゆる側面において強烈な個性を放っている。（中略）初めてモロッコを訪れる人にとって、旅は驚きの連続になるだろう。
>
> 『地球の歩き方　モロッコ　２００６〜２００７』より

地球の歩き方には、「イントロダクション」がはじめのページに挟まれていることがあり、見開きの写真とともに、詩的な一節で当該国が紹介されている。この一節はモロッコ編のイントロダクションに載っていたもので、僕を初めてのバックパック旅行にいざなった忘れられない一節だ。

ただしそんな詩的な一節は、近ごろは減少傾向にある。『「地球の歩き方」の歩き方』という歩き方の創刊ストーリーを綴った本では、むかし歩き方が大きなバッシングにさらされた時代があったと語られている。コアなバックパッカーがメインだった読者層が一般旅行者にまで急拡大した結果、掲載情報が不正確だという批判が殺到するようになったらしい。そんな背景もあってか、近年は「バックパッカーのバイブル」から、「誰にでも役立つ便利なガイド」へとスタイルを変化させてきたようである。ガイドブックとしてはまっとうな進化だけど、どこか寂しい気もしてしまう。

こんな時代だからこそ、僕はあえて詩的な一節を読みたい。時流やビジネスの制約から逃れ、こっそり湧き出した秘湯のような一節を見つけたい。僕は地球の歩き方を読み漁って、詩的な一節を探すことにした。


まず、可能な限りの地球の歩き方を集めるところからスタートする。新品、中古品問わず片っ端から購入した。電子版が期間限定で無料公開されている時期もあり、存分に活用させてもらう。そうして元々持っていたものも含めると、１００冊以上の歩き方が手元に揃った。そのすべてを読み込んで、言葉の宝石を拾い集めていく。

ガイドを読む場所はトイレだ。トイレとはどんな家においても唯一、必ず独りになれる部屋である。だからこそ一人旅を空想するのに、最適な場所なのだ。自分の頭と足を頼りに、知らない土地を歩く。好きな角で曲がり、目に留まった店に立ち寄る。独りであることには、危うげな自由がある。トイレに入る度、ガイドを開いて旅に浸る。

するとあるとき、不思議なことが起こった。まるで本当に海外にいるような錯覚に陥ったのだ。旅の空想というよりは、空想が実体を伴った景色としてトイレに降りた。何を言っているのかわからないかもしれないが、僕もわからない。詩的な一節のもたらす魔力だろうか。あるいは旅への渇望がそんな幻影を見せたのだろうか。いずれにせよほんの一瞬、確かにトイレが異国へと接続された。詩的な一節があれば、トイレにいても世界を旅できるのだ。便座はカリブ海のビーチとなり、スペイン広場のベンチとなり、サハラ砂漠を行くラクダのコブとなる。

時は満ちた。詩的な一節に乗り込んで、世界一周の旅へ出よう。

下腹部で鐘が鳴る。胃腸の柔らかい部分を、寄せては返すように衝く。便意の訪れである。僕はつとめて冷静を装い、そろりそろり廊下を歩く。

右上に明かり窓のついたドアは、トイレのドアでもあり、異国への扉でもある。ドアノブを下げ、ズボンを下げ、腰を下げる。地球の歩き方を開くと、ほんのり温かい便座は運転席へと変貌し、アメリカ合衆国に到着した。

> 夜明け前にアクセルオン。雲の白。森の緑。湖の青。
> 立ち寄ったガソリンスタンドで味わうコーヒーの深い香り。
> 時速75マイルで駆ければ、灰色の街が後ろへ吹っ飛び風だけが追いかけてくる。
>
> 『地球の歩き方　アメリカ・ドライブ　2017～2018』より

地球の歩き方において、アメリカは都市別、国立公園特集などを含めると10冊以上のタイトルが存在する。中でも僕が注目したのは、「アメリカを車で走る」という観点に特化したこの一冊だ。

広い国土を有し、車大国であるアメリカにおいて、ドライブは特別な時間を意味している。車好きが書いたに違いないこの一節の、色遣い、息遣い。狭いトイレに、瞬く間に国道が延びる。便器が高速で駆け出し、灰色の街が吹っ飛んでいく。僕は車の免許を持っていないが、アメリカを走るのはこんな気持ちだろうか。速く、もっと速く。右手で握りしめたシフトレバーを思い切り倒すと、ジャーという音がして水が流れた。

アメリカから南下し、次の大陸へ向かう。中南米といえばメキシコやウユニ塩湖、マチュピチュなどが観光地として有名だ。だが僕を惹きつけた詩的な一節は、ペルーの「プーノ」という場所にあった。インカ帝国の伝説が残る、チチカカ湖ほとりの街だ。

> 明け方、湖面にさざ波がきらめく頃、帆を張った葦舟《あしぶね》が一艘、また一艘と現れ、かすかな風を受けながら音もなくすべり出す。こんなインディへナたちの出漁風景が、毎朝、何百年と変わらぬ姿で繰り返されているのである。
>
> 『地球の歩き方　ペルー　ボリビア　エクアドル　コロンビア　2018~2019』より

宗教的な神秘さえ感じさせる静寂が、朝のトイレに満ちていく。僕が感銘を受けたのは、この一節が冒頭のイントロダクションではなく、中盤の本文で不意に登場するという点だ。こういう名文を急に挟んでくるものだから、油断できない。隅々まで読み込む必要がある。

> 銀の国、アルゼンチン。神秘と魅惑の響きにひきつけられたヨーロッパの探検家や征服者たちは、その奥に眠るといわれた銀の財宝を求めてラ・プラタ（銀）川を遡った。
>
> 『地球の歩き方　アルゼンチン　チリ　パラグアイ　ウルグアイ　2020~2021』より

アルゼンチンの国名は、銀を意味するラテン語に由来します。16世紀、スペインの侵攻

により、植民地化が進められました。通常のガイドならこんな説明を書くだろう。しかしそれは情報であって詩ではない。この一節はまるで映画の予告編のように、現地という本編への期待を高まらせる。松明《たいまつ》を片手に、夜の川を渡る探検家たちが浮かんでくる。トイレの灯りを消し、地球の裏側を旅する。

南米の端まで到着したから、次はアフリカ大陸の予定だった。だがその日の僕は、朝からしぶとい腹痛に悩まされていた。はっきり痛いというより、痛みと違和感の間くらいの鈍い刺激が、胃の表面にへばりついている。長期戦を覚悟した僕は、ひととき苦痛から逃れるため、トイレに絶景を創り出すことにした。息を呑むほどの景色は、微弱な痛みなど吹き飛ばしてくれるはずだから。

自然の生む奇跡はしかし、並大抵の一節では再現できない。何冊かの歩き方を読んでみたが、グランドキャニオンもグレートバリアリーフも、残念ながら舞い降りることはなかった。だが探索の末、僕はついに見つけたのだ。この狭いトイレに、一幅の絵を描く名文を。アラスカ編に、その一節はあった。

ラスト・フロンティア（最後の辺境）で私たちが出合うもの。

それは――
夜空を音もなく舞う宇宙の光。
ツンドラの大地に君臨する野生の王者。
長い間受け継がれてきたネイティブの文化。
圧倒的なスケールの大自然。
そして、荒野で出会うあたたかな人々。
そのすべてが、アラスカを忘れられない場所にする。

『地球の歩き方　アラスカ　2019~2020』より

いきなり「詩的」の水準が変わってしまった。先に述べておくと、これは100冊余りの歩き方の中でも、僕目線で第3位に位置する名文である。ということはさらに詩的な一節がまだ2つ登場することになるが、それは後にとっておくとして、まずはこの文章を注意深く眺めて欲しい。

お気づきだろうか。アラスカの絶景といえばオーロラである。しかしここでは「オーロラ」という単語が一切使用されていないのだ。代わりとなる表現が「夜空を音もなく舞う宇宙の光」。

オーロラと言わずにオーロラを語る。天井に夜空のカーテンがかかる。写真でさえ捉え難いスペクタクルが、1畳のトイレに降臨する。腹痛はいつの間にか治まっていた。

リビングで寝そべっていると、強烈な一撃が襲った。腹の中を鼠にかじられているような激痛だった。心当たりはある。激辛担担麺を、愚かにもスープまで飲み干したのだ。痛みは代償であった。そろそろ来る頃とは思っていたが、それにしても相変わらず急だと思う。腹痛にはいつも報連相が足りない。

腹に両手をそえ、トイレまでの最短距離の動線を行く。地球の歩き方を辛うじて拾い上げ、白の陶器に坐すと、戦が始まる。ときに、腹痛の際はトイレで神頼みをする、という話を聞くことがある。辛さに耐えかね、神に祈ってしまうという。だが僕は神ではなく、詩的な一節の力で試練を乗り越えるのだ。

脂汗をトイレットペーパーでぬぐい、地球の歩き方を開いた。今日の一冊は、南アフリカ編である。

南アフリカには以前行ったが、滞在時間が足りなかった。キリンやサイなど、ビッグ5と呼ばれる動物はほとんど双眼鏡越しにしか見ることができなかった。ライオンに至っては黄土色の点としか認識できなかった。予定通りにならないことは旅の醍醐《だいご》味《み》でもあるが、うまくいったシナリオも体験したい。もう一つの南アフリカを見つけるため、地球の歩き方に頼ることにした。過去にｉｆはないが、ガイドブックにはｉｆがある。腹の鼠に打ち克つべく、猛獣を召喚する。

静まり返った草原に、遠くから聞こえるライオンのうなり声。満天の星空の下でたき火を囲み、ワイングラスを片手に語り合う夕べ。そして、ざわめく木の葉の音を子守唄に、心地いい眠りへとつく。

『地球の歩き方　南アフリカ　2016〜2017』より

腹痛は消え去り、後に残ったのは見渡す限りの平原だった。満天の星空の下で、木の葉が歌う。焚き火がパチパチ鳴る。ライオンがグルルと唸《うな》った。カラカラ回るトイレットペーパーは、弱肉強食の輪廻《りんね》だった。母なる大陸に包まれて、心地いい眠りへとつこうとした。

だがサバンナで油断は禁物だった。唸ったのはライオンではなく腹だった。第2波が押し寄せようとしていた。地球の歩き方を両手で閉じ、頭を垂れてうなだれる姿は、祈りに似ていた。

ウシュケ・バハ（命の水）。緑の島を潤す良質な水から生まれるウイスキーは、長い間

こう呼ばれてきた。

『地球の歩き方　アイルランド　2019〜2020』より

生唾を飲み込む。まるでファンタジーに登場しそうな「ウシュケ・バハ」という呼び名。無数のウイスキーの表現がある中でこの言葉を最初に選び、さらに倒置法で表現するあたり、歩き方は流石《さすが》であると、僕は勝手に感心する。

最近はただ早くヨーロッパに訪れたいがために、こうして籠もっている。便意なきところにもトイレあり。地球の歩き方というパスポートさえあれば、異国への扉は開く。

スポラデス諸島の島々は、青と白の絵の具で表現するより、緑の絵の具のほうがふさわしい。

『地球の歩き方　ギリシアとエーゲ海の島々&キプロス　2019〜2020』より

エーゲ海に浮かぶ島々は青と白で構成された、絵本のような景色が特徴的だ。だがスポラデス諸島には木々が生い茂り、緑が溢れている。それを絵の具を使って説明したのが、この一節だ。ガイドブックが画家目線になるとは、さすが歩き方である。

　この豊かな表現に、僕は昔訪れたギリシャを思い出していた。あれは確か3度目のバックパック旅行で、冬のエーゲ海を訪れた。行きの飛行機で読み込んだ地球の歩き方を機内に置き忘れてしまって、結局ガイドなしで歩き回った。冬のサントリーニ島はオフシーズンで、宿もレストランもほとんど閉まっていた。それでも心に染みついているのは、青い海であり、地球の歩き方で見かけた一節なのだ。

「有史以来、最も大きく、最も豪華な宮殿を！」という太陽王、ルイ14世のひと声で、フランスは50年間にわたってその総力をこの城に注ぎ込んだ。

『地球の歩き方　フランス　２０１９〜２０２０』より

ヴェルサイユ宮殿の偉大さを端的に表現した一節は、僕をさらなる追憶の深みへと引き込んでいく。脳裏に浮かぶ一人旅があった。地球の歩き方を読んで、海の向こうを想った日々があった。渡航費を稼ごうと、掛け持ちのバイトに明け暮れた日々があった。

一人で見知らぬ土地に降り、見知らぬ路地裏を歩く。道ゆく人々が僕に興味を払うことはない。バスに乗ることも、料理を注文することさえもうまくいかない。僕は世界を知らないし、世界も僕を知らない。日常社会に張りめぐらされたつながりの網がほつれ、温かい暗闇で独り立っているような、安らかな絶望が旅にはあった。

４０００年の昔から神の名のもとに、あるいは民族の誇りをかけ、数えきれない戦いの舞台となった。

時は流れど、現在でも多くの巡礼者はエルサレムを訪れる。エルサレムを歩くことは、歴史の生き証人と会うことかもしれない。

『地球の歩き方　イスラエル　２０１５〜２０１６』より

紀元前からの旅の形として、巡礼があった。聖なる存在との接触を求めて、旅人たちは生まれ育った故郷を発ち、聖地をめぐった。めぐることは、見慣れた日常社会から離れることを意味していた。

地球を東回りに進んできたこの旅も、終盤に差し掛かろうとしている。

ぬけるような青空に、さらに深い色合いの青のドームが映える。天と地が、青の青さを競い合う。

『地球の歩き方　中央アジア　サマルカンドとシルクロードの国々　２０１３〜２０１４』より

天と地が、青の青さを競い合う。これが１００冊の地球の歩き方で、僕の選ぶ第２位の詩的な一節だ。

この一文に感銘を受けたことで、かつて僕は実際に中央アジアへと飛んだ。詩的な一節には人を6000㎞移動させる力があるのだ。青いドームは本当に競い合うように、サマルカンドの青空へ伸びていた。

ちなみにこの中央アジア編にはイントロダクションが存在しない。にもかかわらず、情緒あふれる文章が次々と現れる。だから僕は読み物として収集しており、年代別に3冊所有している。サマルカンドに並ぶ古代都市ブハラは、こんなふうに語られていた。

一段一段、階段を下ってブハラの遺跡に近付くとき、それは同時に、この町の深い歴史の底に下りていくことにほかならない。

『地球の歩き方　中央アジア　2014~2015』より

長い階段を下りるように、旅の終わりを迎える。100冊を超える地球の歩き方を読んだものの、どこのホテルがお薦めだとか、空港からの行き方とか、そういう情報はやっぱり覚えていない。

代わりに僕は、アメリカの国道を走り、南米で朝を迎えた。空を舞う宇宙の光を眺め、ライオンの唸り声を聞いて、歴史の底へと降りてきた。詩的な一節に運ばれて、トイレで世界中を旅した。

僕を魅了した詩的な一節は、無数のライターたちの旅の記憶だ。ガイドに浮かび上がった記憶の断片が、読者の僕に憑依《ひょうい》した。真に迫る旅の言葉は、読み手を新しい旅へと誘ってくれる。

「旅行業界が価格競争に明け暮れて、旅心をくすぐるという、旅の出発点を置き去りにしてきたように思います。（中略）旅の魅力を自らの言葉で語り、それを伝えることを続けなければ、海外旅行もガイドブックも、先へは進めない」

『「地球の歩き方」の歩き方』より、創刊メンバーの一人、安松清の言葉

この旅を終えるのは寂しい。だが最後には、あの国が待っている。バックパッカーの聖地にして、歩き方の人気を確立したとされる国。数多《あまた》の名文の中でもひときわ強い煌めきを放つ、１００冊で最も詩的な一節がそこにある。

インド。それは人間の森。
木に触れないで森を抜けることができないように、
人に出会わずにインドを旅することはできない。
インドにはこういうたとえがある。

深い森を歩く人がいるとしよう。
その人が、木々のざわめきを、
小鳥の語らいを心楽しく聞き、
周りの自然に溶け込んだように自由に歩き回れば、
そこで幸福な1日を過ごすだろう。

だがその人が、
例えば毒蛇に出合うことばかり恐れ、
歩きながら不安と憎しみの気持ちを周りにふりまけば、
それが蛇を刺激して呼び寄せる結果になり、
まさに恐れていたように毒蛇に嚙まれることになる。

インドは「神々と信仰の国」だという。
また、「喧騒と貧困の国」だともいう。
だが、そこが天国だとすれば、
僕たちのいるここは地獄なのだろうか？
そこを地獄と呼ぶならば、ここが天国なのだろうか？

インドを旅するキミが見るのは、天国だろうか地獄だろうか？
さあ、いま旅立ちの時。
インドはキミに呼びかけている。
「さあ、いらっしゃい！
私は実はあなたなのだ」

『地球の歩き方　インド　２０１８～２０１９』より

圧倒的だ。圧倒的すぎて最後にはインドが喋り始めた。時代とともに進化する地球の歩き方だが、インド編だけはいつまでも変わらない。「キミ」という二人称も、昔の独特の文体を受け継いだものだ。

部屋を見渡す。僕がこの空間で出会うのは、木々のざわめきだろうか、あるいは小鳥の語らいだろうか。それとも、毒蛇だろうか。この部屋もまた、僕自身であるかもしれなかった。地球の歩き方を手に僕は旅人に変わり、だから部屋も旅先に変わる。

列車に乗って行こうと、バスだろうと、自前の足で歩いていこうと、おびただしい人々と、その間を運ばれてゆく死者たちに迎えられて、旅人はこの世界の底にある町に入り、永遠なるガンガーに全身を浸すことになる。

『地球の歩き方　インド　２０１８～２０１９』より

僕はくたびれたバックパックを置き、うす汚れたシャツを脱ぎ捨てた。赤茶色をしたガンジス川が、ところどころ渦を巻きながら流れている。木の葉、泥、ゴミ、死体。万物と同化した川は、太陽までもどろりと呑み込もうとしていた。息を吸い込み、跳ぶ。水しぶきをあげて着水した身体は、ゆっくりと世界の底へ沈んでいく。喧騒は遠ざかり、暗闇だけがあった。大いなる母胎に包まれながら、僕は便座の上で膝を抱え、背中を曲げて丸くなった。

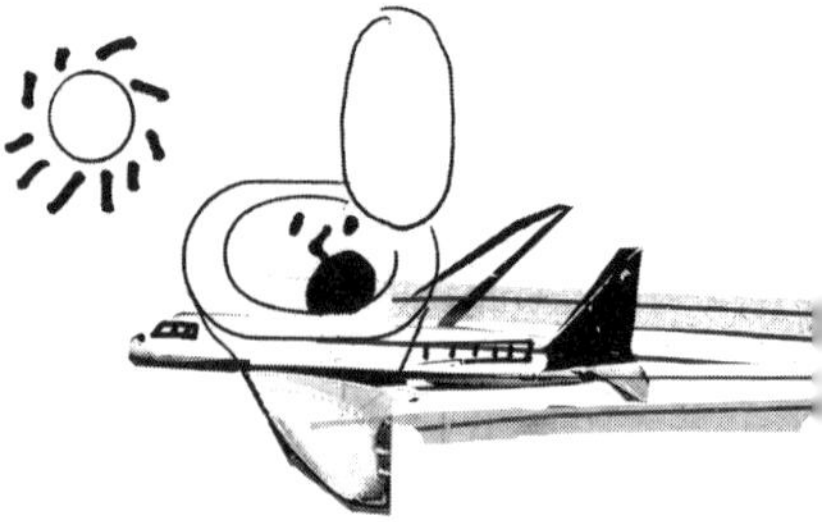

「やってらんねえよ。上司の野郎め」

酒場で男が一人、くだを巻いている。「書」と記されたネオンの看板が、うす暗い店内で妖しく輝いていた。

「俺の考えを語っただけなのに、あんなに叱りやがって」

ぶつぶつと呟いている。えんじ色のネクタイを締めたバーテンダーはそれに反応することなく、男に酒を出した。

「ロックのアイリッシュウイスキー。大麦、ライ麦を糖化させた蒸留酒です」

男はグラスを摑み、ぐいと飲んで息を吐いた。自分に言い聞かせるように、独り言を続ける。

「正確な情報が大事なのはわかる。だけどこれからの時代、もっと自分の言葉で語らないと。そもそも旅ってのは……」

「もしかして、［案内］の方ですか？」

男が横を向くと、スーツ姿の女が座っていた。

「すみません、お話が聞こえたものですから。私も同類でして」

紺色のスーツにはしわひとつなく、シャツの袖は白く、革靴はきらりと磨かれていた。

「［案内］には見えないけどな」

男は目を細め、怪しむような視線を送った。

「私は［説明］です」

メニューを眺めながら女は答えた。

「なんだ、［説明］か。あんたも大変だな」

男は途端に態度を変え、同情するように言う。

「ええ、最近では珍しいでしょう」

女は笑った。卑しさのない、自然な笑顔だった。男は愚痴の相手を切り替えることにした。

「［説明］なら俺の悩みがわかるだろう？　とにかく正確な情報、

正確な情報、そればかりだ。窮屈で仕方ない」

「まあ、そういう役割ですから」

当然といった様子で、女は運ばれてきたワインに口をつける。

「でも突き詰めれば、正確な情報は誰が語っても同じだろう。「随筆」とか「小説」の奴らみたいに、もっと自分の色を出したいんだ」

「そうは思わないですね」

女はあっさりと否定した。

「彼らにはまた違った事情があるでしょう。それに、「説明」にもちゃんと色はあります」

そう言って女は、男の持つグラスを指差した。

「例えば、ウイスキーの取扱いを説明するとしましょう。必要なグラスの種類、氷のサイズ、水の量。少し考えただけで必要な情報が山ほどあります」

女は淀みなく話し続ける。

「あるいはハイボールやストレートといった飲み方も紹介できます。念のため、チェイサーの用意も求めるでしょう。もちろん、20歳以上であることを確認しなければいけません。そもそも飲み方だけではなく、保管方法や廃棄方法に触れる必要もある」

「そんなこと、全部語ってたら終わりやしない」

男は目を丸くして言った。女は頷く。

「その通りです。だからどこを削って、どこの精度を上げて語るか。対象や時代に合わせて、柔軟に調整するのです。そこには必ず、説明者の色が表れます」

全部説明しちゃう人もいるんですけどね、と女は笑いながら付け足した。

「さあ、今度はあなたの番です。このウイスキーをガイドしてください。私を旅へと誘ってください」

どうぞ、と女が手のひらを見せた。試されている、と男は思った。馬鹿にしやがって。こっちだってプロなんだ。男は腕をまくり、身を乗り出して案内を始める。

「スコッチ、アメリカン、カナディアン。世界に数多くのウイスキーがあれど、やっぱりアイルランドだ。首都はダブリン。ここからは直行便がないから、ロンドンで乗り換えるのがいい」

女は楽しそうに聞いている。調子の出てきた男は、抑揚をつけて語り続ける。

「緑の大自然に古代遺跡、素朴な街並み。見どころはたくさんあるから、一週間は欲しいな。肝心の蒸留所巡りは後半に取っておこう。本場で飲むアイリッシュウイスキーは、とにかく格別なんだ」

「格別、というと？」

女の突然の反撃に、男は少しうろたえた。確かに曖昧な表現だったかもしれない。

「ええと、飲みやすくて、滑らかで、深いコクがあるんだよ」

「要は、なんですか？」

女はじっと見つめてくる。男の額に汗が滲んだ。正確な情報、正確な情報。脳内でアイリッシュウイスキーの知識を総動員した末、男は絞り出すようにこう答えた。

「——ウシュケ・バハ。命の水だ」

「素晴らしい」

女は拍手をした。

「私、いますぐアイルランドに行きたくなりました」

「そりゃあよかった」

男は照れながら頭をかいた。

「正確な前置きがあったからこそ、貴方だけの詩的な一節が輝いたのです」

女はすっかり満足したように、ワイングラスを揺らしながら話す。

「そんなものかな」

褒められるのは久しぶりだ。上司にもこうあって欲しいものだと、男は思った。

「窮屈な場所の方が、伸び伸び過ごせることもありますよ」

女は達観したように言う。果たして、この自信はどこからくるのだろう。男は気になっていた疑問をぶつけてみることにした。

「それにしたって逆風のご時世だ。あんたはこの先、不安じゃないのか？」

少し間を置いたあと、女は口を開いた。

「役割があれば、果たす。必要なければ、消える。それだけです」

　平然と答える唇が、僅かに震えていることに男は気づいた。

「ミネラルウォーター。地下水を原水とする飲料水です」

　お会計を申し出ると、水が運ばれてきた。女が礼を言うと、バーテンダーは何かを思い出したような顔をした。

「スグリーブ、という単語をご存じですかな？」

　バーテンダーの質問に少し驚きながら、男と女は首を横に振る。

「古いアイルランド語です。ウイスキーを飲むときに、上唇に感じるむずむずした感覚を指すんですよ。さすが、ウイスキーの国ですよね」

　素敵な言葉だと、二人は素直に嘆息した。バーテンダーはネクタイを締め直しながら、得意げに続ける。

「お二人とも、心配は無用ですよ。［辞典］だって、こんなふうに色を出せるんですから」

122の
花言葉から
成る
花瓶たちの
ロマンス

休息の場、寝室。一日で最も長い時間を過ごす部屋だから、少し華やかにしてみたいと思った。だから花を買った。透明なガラスの花瓶に挿して、窓辺に飾った。薄暗い寝室で、そこだけほんのり輝いているようだった。起きた視線の先に花があると、目覚めが冴える気がした。おはようと挨拶して、花瓶の水を替えるのが一日の始まりになった。

花について調べていると、花の定期購入サービスというものを見つけた。季節に合う花が毎月セレクトされ、ブーケとして郵送されるという。花に疎い僕でも、これなら多様な種類を楽しむことができる。たくさんの花を飾りたかったので、２社のサービスを利用することにした。つまりこの部屋には、これから月に２種類の花束が送られてくる。花の到着を待ちわびながら、寝室で眠りについた。

４月になって、２つの花束が届いた。一方のサービスからは、赤いチューリップ、ピンクのガーベラ、オレンジのスイートピーに、風鈴草とかすみ草。それから１輪のヒマワリに、クロッカス、オオニソガラムという花が届いた。花だらけだ。透明の花瓶に挿すと、寝室に春が訪れた。単品の花もよいが、こうして組み合わさることで調和の美が生まれる。花の奥深さに触れた気がした。

　そしてもう一方のサービスからは、オレンジのバラに、ナズナ、スカビオサ、オンシジューム。レースフラワーと、ハイブリッドスターチス、ブプレウルムという花。さらに黄色いカーネーションが届いた。青いガラス花瓶を買って、透明な花瓶と並べて飾った。花と一緒に新しい空気が運ばれてきたようで、清々しい気持ちで朝を迎えることができる。

　透明の花瓶と青い花瓶。２つの花束を見つめていると、花言葉という概念を思い出した。花言葉も一緒に覚えたら、もっと花との生活を楽しめそうだ。ためしにチューリップの花言葉を検索してみて、驚いた。

○赤のチューリップ：「愛の告白」「永遠の愛」
○ピンクのチューリップ：「愛の芽ばえ」
○白のチューリップ：「純真」「許してください」
○紫のチューリップ：「気高さ」「不滅の愛」

　花一つにつき、複数の花言葉があるらしい。しかもチューリップほどの有名花になると、色によっても意味が変わるようだ。複雑である。このルールに則《のっと》ると、４月に届いた赤いチューリップは「愛の告白」という意味を持つことになる。これぞ花言葉という感じがする。

透明の花瓶に挿したほかの花たちも調べてみたところ、ピンクのガーベラは「思いやり」、風鈴草は「誠実」。ヒマワリは「あなただけを見つめます」、クロッカスは「私を信じて」などを意味することがわかった。どれも愛に満ちた世界観だ。透明の花瓶は愛の花瓶だった。

今度はもう一方の、青の花瓶の花言葉も確認してみよう。最初はオレンジのバラ。意味は「無邪気」。可愛らしい。次はスカビオサという紫の花。花言葉は、「わたしはすべてを失った」。なんだって。

急展開である。驚くほどネガティブだ。悲しみの底、暗闇の深淵という感じがする。花にこんな意味を持たせていいのか。そしてそんな花を送っていいのか。調べてみると、西洋ではスカビオサは伴侶を失った女性に渡される花らしい。花に罪はないが、花言葉を知ると印象がころりと変わってしまう。

こういう方向性も許されるのだとしたら、花言葉の可能性が広がる。青の花瓶の残りの花は、次のような意味を持っていた。

○オンシジューム：「一緒に踊りましょう」

○レースフラワー：「感謝」
○ハイブリッドスターチス：「お茶目」
○ブプレウルム：「初めてのキス」
○ナズナ：「すべてを捧げます」

愛の言葉が並ぶ透明の花瓶と比べて、青の花瓶はバラエティに富んでいる。サービスの提供会社によってコンセプトが違うのだろうか。「一緒に踊りましょう」とはなんとも軽やかである。反対にナズナの「すべてを捧げます」は重たすぎる。すべてを失ったと嘆きながら踊りに誘って、それでいてすべてを捧げたがっているとは、青の花瓶はどういう情緒をしているのか。

さらに、黄色のカーネーションはこんな意味を持っていた。

○カーネーション（黄色）：「軽蔑」

軽蔑。あまりにも直球。赤や紫のカーネーションには愛や気品という意味があるのに、黄色だけ違う方向を向いている。スカビオサの「すべてを失った」に続いて、またしても気の沈む言葉。花言葉界隈では珍しいことではないのだろうか。もしくは僕が嫌われているのだろうか。一旦ここまでを整理してみよう。

まず、透明の花瓶。チューリップやヒマワリをはじめとして、「愛の告白」「誠実」「思いやり」「私を信じて」「あなただけを見つめます」など、ずらりとラブコールが並ぶ。愛で胸焼けしそうである。

一方で、青の花瓶。「私はすべてを失った」「軽蔑」というショッキングな二言が胸に刺さる。それでいて、「無邪気」「お茶目」「一緒に踊りましょう」「初めてのキス」といった無垢な花言葉が並存しているから真意が読めない。好意と嫌悪の間で揺れ動いているようでもある。

ふと思った。もし透明の花瓶と青の花瓶が、互いに花言葉でメッセージを送り合っているとしたら。もし透明な花瓶がラブコールを囁いて、青の花瓶が揺れ動いているとしたら。2つの花瓶の間には、この先どんな未来が待っているのだろう。

そんなアイデアが浮かんでしまったが最後、毎月届く花束を、もう純粋な花としては見られなくなった。それは花を介した文通だ。花瓶に擬態した恋愛リアリティショーだ。果たしてどんな物語が潜んでいるのだろう。僕はこれから届くすべての花言葉を、1年間記録してみることにした。

４月

花言葉とは、西洋から輸入された概念らしい。フランスの貴族社会では、草花を擬人化した詩作集が人気を博していた。一説によれば、それが恋愛の駆け引きに使われていたことが花言葉の起源にあるそうだ。花言葉とは、まさに花と恋を結びつけるところから始まっていた。

花言葉に公式な認定機関は存在しない。いまでも新しい言葉がどんどん生まれているし、時代とともに変化している。今回は『美しい花言葉・花図鑑』（ナツメ社）を参考にしながら、足りない部分はネット上の情報などで補完していく。ここで紹介している言葉が必ずしも唯一の意味ではない点、ご留意いただきたい。

そして空想を膨らませるために、フランスの貴族社会にならって２つの花瓶を擬人化しよう。透明の花瓶は「トオル」、青の花瓶は「アオ」と呼ぶ。なんとなく名前の響きからトオルは男性、アオは女性ということにしておく。

以上の前提から、４月時点での２人の恋模様をおさらいする。トオルは実に情熱的な男だ。アオに対して、愛の告白を投げかけている。あなただけを見つめます、と言うほど彼女に心酔しており、自分を信じて欲しいのだと、気持ちをストレートに伝えている。

　他方、アオはお茶目で無邪気な乙女である。トオルの強いアプローチに惹かれていて、一緒に踊りたいし、すべてを捧げたいと思っている。しかし不思議なことに、同時に軽蔑を抱いており、深い悲しみの底にいるようだ。

　ここから妄想のアクセルを踏み込んでいく。もしかしてアオは、大きな失恋の真っ只中にあったのではないか。すべてを失ったと落ち込むほどの失恋。そんな中でついトオルの誘いにつられ、うっかり初めてのキスをしてしまった。そんな自分にも、そして悲しみにつけいったトオルにも、軽蔑の念を抱いている。それがアオの、相反する気持ちの正体ではないか。

　そう思うと、次回の展開が気になってしょうがない。早く次のブーケが届いて欲しい。月刊誌の発売を待ちわびるように、花の届く日を指折り数えた。

4月
トオル（透明の花瓶）
○チューリップ（赤）：愛の告白
○ガーベラ（ピンク）：思いやり
○風鈴草：誠実
○スイートピー：門出

○ヒマワリ：あなただけを見つめます
○クロッカス（黄）：私を信じて
○オオニソガラム：才能
○かすみ草：清らかな心

アオ（青の花瓶）

○バラ（オレンジ）：無邪気
○スカビオサ：私はすべてを失った
○オンシジューム：一緒に踊りましょう
○レースフラワー：感謝
○ハイブリッドスターチス：お茶目
○カーネーション（黄）：軽蔑
○ブプレウルム：初めてのキス
○ナズナ：すべてを捧げます

5月

5月中旬、待ちかねた次の花束が届いた。透明な花瓶に挿した、つまりトオルの選んだ花はテマリソウ。花言葉は「純粋な愛」。そしてマトリカリア。花言葉は「深い愛情」。相変わらず愛多き男である。「抑制された生活（ミツバツツジ）」を心がけているらしいが、愛は抑え切れていない。だが「思いやり（ピンクのガーベラ）」と「包容力（紅花）」があるようだから、悪い男ではないのだと思う。

　問題は青い花瓶、アオである。引き続き「お茶目（ハイブリッドスターチス）」なのはいいとして、緑色に膨らんだグリーンベルという花に注目したい。花言葉は「未練」。ここで僕は確信した。やはりアオは、過去の失恋を引きずっている。

　しかし一方で彼女は、「恋の訪れ（アスチルベ）」を感じ、「温かな愛情（ピンクのカーネーション）」と「無言の愛（ブルーレースフラワー）」も抱いている。アオはトオルに期待しているのだ。「あなたは私を蘇らせる（ローズマリー）」のではないかと。

　寄せては返すアオの心。果たしてトオルの想いは届くのだろうか。それとも、花と散ってしまうのだろうか。

5月

トオル

○ガーベラ（ピンク）：思いやり

○テマリソウ：純粋な愛

○スターチス（ピンク）：変わらぬ心
○ブルーパフューム：くじけない心
○カーネーション（ピンク）：温かな愛情
○マトリカリア：深い愛情
○紅花：包容力
○ミツバツツジ：抑制された生活

アオ

○ブルーレースフラワー：無言の愛
○カーネーション（ピンク）：温かな愛情
○アスチルベ：恋の訪れ
○グリーンベル：未練
○クロタネソウ：夢で会えたら
○ローズマリー：あなたは私を蘇らせる
○アルケミラモリス：輝き
○ハイブリッドスターチス：お茶目

6月〜7月

寝室という部屋は休息の場以外にも、様々なモチーフとして描かれてきた。例えばプルーストの『失われた時を求めて』ではたびたび寝室が登場し、自分の寝室への安心感、見知らぬ寝室に対する恐怖心が描かれている。改めて、寝室がプライベートな聖域であることを思わされる。またカフカの『変身』において、毒虫となった主人公を、家族が閉じ込めた場所も寝室だった。不可侵な部屋であるからこそ、暗い寝室には様々な秘密が葬られていく。

そして寝室から最も想起しやすいコンセプトこそ、愛である。時に官能的な空気を纏《まと》う寝室では、古今東西、様々な形の愛が育まれてきた。そしていま僕の寝室で、新たな愛が燃え上がろうとしている。6月、7月と花言葉を記録してきたが、トオルの愛の言葉が、部屋中に飛び交っていた。

「あなたの姿に酔いしれる（クルクマ）」からの「あなただけを見つめます（ヒマワリ）」。凄まじい「情熱（オレンジのカーネーション）」だ。しまいには「死んでも離れない（アイビー）」などと言い出して、あまりの入れ込みように心配になる。もはや愛の言葉と言うよりは呪詛《じゅそ》の念である。

ただトオルの根底には「あなたの痛みを癒します（エキナセア）」という真摯な「純愛（ナデシコ）」がある。傷ついたアオの心に寄り添う「深い愛情（マトリカリア）」がある。めげることなく愛を叫び続ける「くじけない心（ブルーパフューム）」に、僕は胸を打たれていた。決して上辺の言葉だけではない。トオルは花も実もある好漢である。


この一途な姿勢に、心動かされたのは僕だけではないようだ。４ヶ月連続で「お茶目（ハイブリッドスターチス）」なアオは、吹っ切れたかのように「清らかな心（かすみ草）」にある。先月まで抱いていた未練や軽蔑の念はすっかり消え去った。彼女は気づいたのだろう。本当に自分を愛してくれるのは、誰なのかということに。

「恋の訪れ（アガパンサス）」を確信したアオは、「温かい心（ピンクのスプレーバラ）」、そして「純粋な愛（白いカーネーション）」でトオルに向き合う。なぜならアオは、「愛の渇き（アストランティア）」に直面していたから。そうしてついに彼女は、「永遠の愛（キキョウ）」に出会うことになる。

トオルの想いがアオの心に届き、２人の愛が結実した瞬間だった。

6月
トオル

○カーネーション（ピンク）：温かな愛情
○ブルーパフューム：くじけない心
○かすみ草：清らかな心
○スプレーカーネーション：熱愛
○ナデシコ：純愛
○野ばらの実：無意識の美

アオ
○カーネーション（オレンジ）：情熱
○かすみ草：清らかな心
○ハイブリッドスターチス：お茶目
○アガパンサス：恋の訪れ
○ブルーパフューム：くじけない心
○キキョウ：永遠の愛

7月

トオル
○ヒマワリ：あなただけを見つめます
○マトリカリア：深い愛情

○カーネーション（オレンジ）：情熱
○クルクマ：あなたの姿に酔いしれる
○アイビー：死んでも離れない
○エキナセア：あなたの痛みを癒します

アオ
○カーネーション（ピンク）：温かな愛情
○スプレーバラ（ピンク）：温かい心
○ハイブリッドスターチス：お茶目
○アストランティア：愛の渇き
○バラ（オレンジ）：無邪気
○カーネーション（白）：純粋な愛

8月～9月

本格的な夏が到来し、トオルは三度《みたび》この花を選んだ。ヒマワリである。「あなただけを見つめます」という熱烈な花言葉は、ヒマワリが常に太陽の方向を向くというところからつけられたらしい。

変わらぬ「熱愛（スプレーカーネーション）」を胸に、「あなたを愛します（カリメロ）」と真摯に訴えかける。アオの「閉じた心を開く（リュウカデンドロン）」ため、トオルはこんなにも「情熱（オレンジのカーネーション）」を傾けている。あっぱれである。

それに対してアオは「温かな愛情（ピンクのカーネーション）」を抱く。５ヶ月連続の「お茶目（ハイブリッドスターチス）」な強い「個性（クルメケイトウ）」を持ち、「私は私でありたい（ヒース）」と、恋愛とは特に関係なさそうなことを願っている。しかしそんなアオを受け止める度量を、トオルは持っていた。だからこそアオは同様に「情熱に燃える心（フェイジョア）」で、それに応じる。

ただ一つ、気になる花がある。鮮やかに咲いた黄色い花びらから、オシベがすらりと伸びる花の名は、ヒペリカム。和名は、弟切草。この花から作られる秘伝薬の秘密をうっかり漏らした弟が、激昂した兄に斬り殺されたという伝説に由来している。そこから生まれた花言葉が、「秘密」。

８月、このヒペリカムの花が選ばれたのだ。それもトオルとアオの両者に、同じタイミングで。果たして２人はどんな秘密を抱えているのだろうか。着実に愛を育む２人の恋に、よからぬ影が差しているのだろうか。

しかし僕は思い直す。他人に言えない秘密くらい、誰にだってあるだろう。むしろ健全ではないか。そんなことで２人のロマンスは止まらない。現にアオが引きずっていた未練はすでに「追憶（シオン）」と「思い出（ユーカリ）」になり、いまは「移りゆく日々（ワレモコウ）」にただ「静かな想い（ユキヤナギ）」を馳せている。

アオは「幸せを得る（アゲラタム）」ために。トオルは「輝かしい未来（ストレリチア）」を迎えるために。僕は完全に２人を応援していた。彼らにただ幸せになって欲しかった。

だからトオルが「罠（サクラコマチ）」や「愛国心（ナスタチウム）」といった辻褄の合わない花言葉を選んでいても、つい目をそらしてしまっていたのだ。

8月
トオル
○ヒマワリ：あなただけを見つめます
○ヒペリカム：秘密
○リュウカデンドロン：閉じた心を開く
○バラ（緑）：穏やか
○アワ：まとわりつく愛
○スプレーカーネーション：熱愛
○ストレリチア：輝かしい未来

アオ

○カーネーション（ピンク）：温かな愛情
○ヒペリカム：秘密
○デルフィニウム：清明
○クルメケイトウ：個性
○ハイブリッドスターチス：お茶目
○フェイジョア：情熱に燃える心
○ヒース：私は私でありたい

9月
トオル
○ヒマワリ：あなただけを見つめます
○ナスタチウム：愛国心
○フロリダビューティ：秘めたる思い
○カーネーション（オレンジ）：情熱
○サクラコマチ：罠
○カリメロ：あなたを愛します
○スプレーカーネーション：熱愛
アオ

○クルメケイトウ：個性
○アゲラタム：幸せを得る
○ワレモコウ：移りゆく日々
○ユーカリ：思い出
○シオン：追憶
○セダム：静寂
○ユキヤナギ：静かな想い

10月～1月

２人の恋路が盛り上がってきたところで、10月から1月、４ヶ月の空白期間を挟む。僕がしばらく家を空けていたからだ。会えない時間が、果たして２人の仲をどう育むのだろうか。

2月〜3月

年を越して、２月。空白期間を経てトオルが選んだのは、真っ赤なバラだ。花言葉はストレートに、「あなたを愛します」。お手本のようなセレクションである。ちなみにバラほどになると色だけではなく、本数によってもその意味が変わってくるらしい。組み合わせが膨大になってしまうので今回は避けたが、さすがは花の女王である。

　そういえばかつて、青いバラというのはこの世に存在しなかった。技術的にも困難とされ、だから青いバラの花言葉は「不可能」だったという。それが２００２年、長年の研究開発を経てついに青いバラが生み出された。そして青いバラの花言葉は「夢かなう」に改められたのだ。

　花言葉には文化と歴史が、誰かの空想した物語が、あるいは人の願いが込められている。そんな背景に思いを馳せながら、残り３ヶ月を追っていきたい。

　赤いバラ以外に２月、３月とトオルが選んだのは「熱愛（スプレーカーネーション）」に「輝かしい未来（ストレリチア）」。空白期間を挟んでも「情熱（バーゼリア）」は変わっていなかった。呪詛に近しいねっとりとした言葉はなくなり、「純粋な愛（レモンリーフ）」を胸に、自然体でアオを愛しているように見える。「成熟した精神（サンゴミズキ）」という花言葉は、彼がそうやって成長した証かもしれない。「才能（テマリソウ）」あふれ、「善行（カンヒザクラ）」を重ねてきたトオルだからこそ至ることのできた境地である。いまだ「秘密の思い（エリンジューム）」があったとしても、些細なことに過ぎなかった。

そしてそんなトオルに対して、アオの心は「幸福な愛（ブルースター）」で満たされている。「永遠の愛（センニチコウ）」、「愛の告白（赤のチューリップ）」といった言葉が並ぶ。これまで毎月のように登場したお茶目や個性といった花言葉はもう出てこない。未練や喪失感を表す花言葉もない。

気持ちの浮き沈みが激しく、よくも悪くも自分中心だった彼女が、他者に対して「君を愛する（アネモネ）」心を咲かせている。私は私でありたいと願った強い自我は、いまでは「私を見て（トキワガマズミ）」とトオルの方へ向けられている。

彼女もまた、恋を通して成長を遂げたのだ。幼い彼女は「忘却（白のポピー）」され、そこには大人になったアオがいた。

2月

トオル

○バラ（赤）：あなたを愛します

○デンファレ：魅惑
○スプレーカーネーション：熱愛
○レモンリーフ：純粋な愛
○エリンジューム：秘密の思い
○カンヒザクラ：善行
○テマリソウ：才能

アオ
○チューリップ（赤）：愛の告白
○アネモネ：君を愛する
○カーネーション（ピンク）：温かな愛情
○センニチコウ：永遠の愛
○スターチス（ピンク）：変わらぬ心
○ユーカリ：思い出
○レースフラワー：感謝

3月
トオル
○バラ（赤）：あなたを愛します

○スプレーカーネーション：熱愛
○バーゼリア：情熱
○ストレリチア：輝かしい未来
○テマリソウ：才能
○サンゴミズキ：成熟した精神

アオ

○チューリップ（赤）：愛の告白
○レースフラワー：感謝
○ブルースター：幸福な愛
○ルスカス：陽気
○トキワガマズミ：私を見て
○ポピー（白）：忘却

4月

また春がやってきた。記録をとり始めてちょうど1年。延べ122の花言葉が集まった

この物語も、今月でおしまいだ。

トオル。1年を通じて愛を捧げてきた彼は、「清らかな心（かすみ草）」で「前向き（白いガーベラ）」に、そして「陽気（ルスカス）」に生活している。かつては身を焼き尽くすような姿に心配になったりもしたが、いまでは「幸福な愛（ブルースター）」で包まれている。そんなトオルを見られて、僕は嬉しい。まさしく愛の「勝利（ヤシ）」だと言えよう。

そしてアオ。深い喪失感に沈んでいた彼女は、初期こそトオルのアプローチを不審に思ったものの、それから徐々に心を開き、ついには相思相愛となった。「究極の愛（黄色のガーベラ）」や「平和（グレビレア）」といった花言葉にはその変化が端的に表現されている。僕もこの物語をそうやって締め括りたい。

ただ丸く咲いた紫の一輪を、無視することはできない。アリアムと呼ばれるこの花は、アオが選んだものだ。花言葉は、「無限の悲しみ」。ここにきて、1年間で最も悲痛な言葉が登場してしまった。一体彼女に何があったのか。ハッピーエンドではなかったのか。そんな結末を迎えて欲しくはなかった。

しかし僕は信じている。それでも1年前と変わらずに「一緒に踊りましょう（オンシジューム）」と囁く彼女の天真爛漫な心を。1年前のトオルを真似するように「私を信じて（黄色のクロッカス）」と呼びかける彼女の愛を。

どんな困難が待ち受けようと、また長い空白期間が訪れようと、寝室を介して２人が「夢で会えたら（クロタネソウ）」。１２２の花言葉の先にそんな未来が待っていることを、願わずにはいられない。

4月

トオル

○かすみ草：清らかな心
○ガーベラ（白）：前向き
○ルスカス：陽気
○デンファレ：魅惑
○ブルースター：幸福な愛
○ヤシ：勝利

アオ

○ガーベラ（黄）：究極の愛
○グレビレア：平和
○アリアム：無限の悲しみ
○オンシジューム：一緒に踊りましょう
○クロッカス（黄）：私を信じて

○クロタネソウ：夢で会えたら

その晩、寝つけなかった。2人の物語は終わったはずなのに、心にひっかかるところがあった。いばらのようにチクチクと刺さるそれは、僕が見て見ぬふりをしていたものだ。前述した通り、花言葉は複数の意味を持ち、決まった正解があるわけではない。大抵は似たような意味が並んでいるが、たまにかけ離れた表現が並列していることもある。その中で僕は知らず知らずのうちに、恣意的に花言葉を選んでいたかもしれない。2人が幸せであって欲しくて、都合の悪い花言葉を無視していたかもしれない。

トオルはどんな秘密を抱えていたのか。
なぜアオは無限の悲しみにくれたのか。

透明の花瓶と青の花瓶が、じっと佇んでいる。愛の部屋であり、禁秘の部屋でもある寝室で、花瓶たちは何を見たのか。

2つ、気になっていた花があった。一つはスプレーカーネーション。この花が通常のカーネーションと異なるのは、枝分かれ（スプレー）するように、一つの茎から複数の花びらが咲いていることだ。サイズは小さいが、数が多いぶん絢爛に見える。

　このスプレーカーネーションについて、僕は「熱愛」という花言葉を引用していた。だが白状しよう。どの事典を調べても、実は最初に出てくる単語は熱愛ではなかった。スプレーカーネーションの花言葉としてまず挙げられるのは、「集団美」なのだ。

　集団美。聞き慣れない単語だ。辞書にすら載っていない、花言葉のための言葉。1対1の恋愛関係で用いるのには、どうも不適切に思える。それよりも「熱愛」の方が、トオルの気持ちを代弁するのにぴったりだと思った。

　このスプレーカーネーションはしかし、トオルが最も頻繁に選んだ花でもある。一方のアオには、一度も登場しない。もし「集団美」がトオルを読み解く上で重要な意味を持っていたとしたら、どうなるだろうか。

　そして最後にもう一つ。3月に届いたブーケに、1本の枝が添えられていた。この花の名は、サンゴミズキ。珊瑚のように可憐な枝は、冬の訪れとともに赤く染まっていく。ほかの花とのコントラストがよく映えるため、生け花にも人気らしい。

　このサンゴミズキの花言葉の中から、僕は「成熟した精神」という意味を選んだ。トオルが1年間を通じて大人になり、成熟した愛を育んだ象徴として解釈した。

　だがサンゴミズキには、もう一つの花言葉がある。僕は恐れていた。その意味を選んでしまったが最後、花瓶たちのロマンスは大きく姿を変えてしまうから。

トオルの秘密。アオの悲しみ。「罠」。「追憶」。「愛国心」。「一緒に踊りましょう」。「私は私でありたい」。

窓辺に並ぶ2つの花瓶。花言葉と花言葉がつながって空想がほとばしり、寝室に新たな物語が現れる。

四月：桜木トオル

「僕を信じて、なんでも話してください」

診察室で、桜木トオルはいつものように切り出した。カウンセリングの際は、決まってこう言うようにしている。それを聞いた茨野アオは顔をあげ、にっこり笑った。

「信用してますよ。先生は優しいし、かっこいいし」

その返事に、トオルは苦笑いした。アオの無邪気でお茶目な性格には、少し心配なところがある。

「本当に、困っていることはないですか？」

トオルがそう念を押すと、アオは途端にうつむいた。ほら。こうやって感情の起伏が大きいのも、好ましくない傾向だ。

「実は、踊りを続けようと思ってるんです」

アオはぽつりと言った。トオルが顔を強張らせたが、アオは構わず話し続ける。

「踊りは私の生きがいだから、この身を捧げたい」

顔を上げたアオの言葉が、次第に熱を帯びていく。

「反省してないって思われるかもしれません。でも私は、ダンスで自分を表現したいだけなんです。誰にも迷惑はかけないから」

すがるような目で見つめてくる。仕方ない。トオルは丸椅子から身を乗り出した。

「僕はあなたの新しい門出に、誠実に向き合いたいと思っています。だから一つ、伝えたいことがあるんです」

五月：茨野アオ

茨野アオは困惑していた。この気持ちにどう整理をつけたらいいかわからない。

通院を始めてしばらくが経った。トオルに会うたびに、輝きを取り戻していく実感があった。思いやりと包容力のあるトオルに、どんどん惹かれていた。恋の訪れさえ、ほのかに感じていた。だけどあくまで治療の一環なのだと自分に言い聞かせて、アオはその想いにそっと蓋をしていた。なのに。

一連の出来事を思い出すたび、身体が熱くなる。デートに誘われ、突然の愛の告白、そしてはじめてのキス。急展開に頭が追いつかず、はじめアオはトオルを拒絶した。軽蔑すらも抱いた。しかしトオルは彼女に変わらぬ愛の言葉を投げかけた。清らかで純粋な心に思えた。温かくて深い愛情が、傷ついたアオを蘇らせてくれるようだった。

必要なのは適度に抑制された生活だ、とトオルは言った。確かに自由奔放に生きてきた。たくさんの人に迷惑をかけてしまった。

ダンスに未練がないと言えば嘘になる。だけど、果たしてそれが本当の幸せなのだろうか。度重なる警告を受けて、身を危険にさらして、それでも続けるべきだろうか。アオは一人、頭を抱えた。

八月：桜木トオル

「ねえ、アオ。何か隠してない？」

　トオルの言葉に、アオはさっと視線をそらした。


　二人が付き合い始めて三ヶ月が経っていた。時にまとわりつくほどのトオルの言葉を、アオは温かな愛情として受け入れた。渇きを潤すように二人は仲を深めた。だが無邪気に振る舞うアオの瞳に、時折暗い影が走るのを、トオルは見逃してはいなかった。

「僕は君の痛みを癒したい。閉じてしまった心を開きたいんだ」

　トオルの真剣な問いかけに、アオはためらいがちに口を開いた。

「私、まだこっそり踊りの練習を続けているの」

　杞憂ではなかったとトオルは悟った。アオは情熱に燃える瞳で続ける。

「だっておかしいじゃない？　ダンスが禁止されるなんて。私は私でありたいだけなのに」

　そこまでだ、とトオルは制した。

「ルールはルールなんだよ」

うつむくアオの頭を、トオルはそっと撫でた。

「僕は君を愛している。死んでも離れたくないし、君だけを見つめている。だから考え直してほしい」

トオルの真摯な言葉に、アオの心はまた揺れているようだった。

「トオルの方こそ、何か秘密はないの？」

話題を変えるようにしてアオが言った。

「あるわけないよ」

トオルはすぐさま答えた。

十一月：茨野アオ

アオは靴を撫でている。履き古したダンスシューズ。

物心ついた頃からダンスが好きだった。誰に教わるでもなく、身体が踊りを知っていた。きっと前世でも踊っていたのねと、友達によくからかわれたものだ。風に揺れるバラがハーモニーを奏でるように、アオは自らの身体を揺らし続けた。

牧歌的な時代だった。みんな踊って歌って、そんなことも許されていた。確かにいまより喧嘩や衝突も多かったけど、いまのように息苦しくはなかった。

しかしそんな追憶は、トオルの言うように、美化された思い出に過ぎないのだろうか。変わらない個性が大切だと信じてきたけど、日々は移ろい、時代は変化している。自分もそろそろ無邪気な考えから卒業すべきなのか。それともこの情熱を貫くべきなのか。問答を繰り返して、アオは疲れてしまった。何が正解で何が間違っているのか、もうどうでもよくなっていた。

唯一変わらない真実は、トオルを愛しているということ。会えない時間を過ごして、アオは痛感していた。誰もが羨む永遠の愛。幸せを得るために、ほかに何を望む必要があるのか。

トオルのためなら、すべてを捨てられる。

静かな想いを胸の奥にしまい込んで、アオはシューズをゴミ箱へ放り投げた。

二月：桜木トオル

桜といえばソメイヨシノ。この花はかつて人工交配で誕生し、接《つ》ぎ木《き》という増殖技術によって全国に広まった。つまりすべての花が、同じ遺伝子を持つクローン個体なのだ。だから同じ環境下では一斉に同じ色の花を咲かせ、また一斉に散っていく。

花とはかくあるべきだ、と桜木トオルは思う。花は一輪では儚《はかな》い存在であり、集団として調和することで真価が発揮される。皆が協力して与えられた役割をこなす。この国は、そういう集団美によって発展してきたのだ。

だがまれに、異分子が生まれることがある。あのバラさえも、青くなる可能性を秘めている。茨野アオはそんな存在だった。禁止された踊りに興じるのは、ほんの兆候に過ぎない。無邪気で強い個性を放つ危険因子は、社会に亀裂を生みかねない。

青いバラの誕生を未然に防ぐのが、トオルの秘められた役割だった。医者を隠れ蓑《みの》として、身を投じて彼らの更生にあたる。ただひたすら、心を込めて愛の言葉を投げかける。トオルには他者を魅惑する天賦《てんぷ》の才があった。この役割が善行であり、ひいては社会に輝かしい未来をもたらすと、トオルは信じて疑わなかった。

四月：茨野アオ

茨野アオはステージの袖に立っている。動悸が速まり、指先は震え、胸が苦しい。逃げ出したくなったところで、出番が訪れる。無意識に身体が動き出し、光の満ちた壇上へと走り出す。足を上げ、手を振り、全身を揺らす。私を見て。私を知って。世界にそう叫びながら、夢中で踊り続ける。

目を覚ますと、診察室だった。机に突っ伏したまま眠ってしまったらしい。いつもの風景を見渡して、平和な日常に安堵する。

全身が汗でびっしょりだ。恐ろしい夢だった。かつてあんな景色を見た気もするけど、思い出せない。思い出したくもない。落ち込んだり、泣いたり、もがいたり。そんなのは異常だとアオは思う。今日も陽気に笑って一日を過ごす。それ以上の幸せがあろうか。

白衣の襟を正し、カルテを確認する。トオルと付き合って一年が経とうとしている。永遠の愛に満たされて、アオは感謝していた。彼から紹介してもらった役割も、順調そのもの。国のために役立てるというのは、何ものにも代え難い喜びだ。

ノックの音がし、扉が開いた。アオは丸椅子を回転させ、患者に向き合ってこう告げる。

「私を信じて、なんでも話してください」

――サンゴミズキの花言葉：洗脳

トオルとアオの花言葉

	トオル	アオ
4月	○チューリップ（赤）：愛の告白	○バラ（オレンジ）：無邪気
	○ガーベラ（ピンク）：思いやり	○スカビオサ：私はすべてを失った
	○風鈴草：誠実	○オンシジューム：一緒に踊りましょう
	○スイートピー：門出	○レースフラワー：感謝
	○ヒマワリ：あなただけを見つめます	○ハイブリッドスターチス：お茶目
	○クロッカス（黄）：私を信じて	○カーネーション（黄）：軽蔑
	○オオニソガラム：才能	○ブプレウルム：初めてのキス
	○かすみ草：清らかな心	○ナズナ：すべてを捧げます
5月	○ガーベラ（ピンク）：思いやり	○ブルーレースフラワー：無言の愛
	○テマリソウ：純粋な愛	○カーネーション（ピンク）：温かな愛情
	○スターチス（ピンク）：変わらぬ心	○アスチルベ：恋の訪れ
	○ブルーパフューム：くじけない心	○グリーンベル：未練
	○カーネーション（ピンク）：温かな愛情	○クロタネソウ：夢で会えたら
	○マトリカリア：深い愛情	○ローズマリー：あなたは私を蘇らせる
	○紅花：包容力	○アルケミラモリス：輝き
	○ミツバツツジ：抑制された生活	○ハイブリッドスターチス：お茶目
6月	○カーネーション（ピンク）：温かな愛情	○カーネーション（オレンジ）：情熱
	○ブルーパフューム：くじけない心	○かすみ草：清らかな心
	○かすみ草：清らかな心	○ハイブリッドスターチス：お茶目
	○スプレーカーネーション：熱愛・集団美	○アガパンサス：恋の訪れ
	○ナデシコ：純愛	○ブルーパフューム：くじけない心
	○野ばらの実：無意識の美	○キキョウ：永遠の愛
7月	○ヒマワリ：あなただけを見つめます	○カーネーション（ピンク）：温かな愛情
	○マトリカリア：深い愛情	○スプレーバラ（ピンク）：温かい心
	○カーネーション（オレンジ）：情熱	○ハイブリッドスターチス：お茶目
	○クルクマ：あなたの姿に酔いしれる	○アストランティア：愛の渇き
	○アイビー：死んでも離れない	○バラ（オレンジ）：無邪気
	○エキナセア：あなたの痛みを癒します	○カーネーション（白）：純粋な愛

寝室

	トオル	アオ
8月	○ヒマワリ：あなただけを見つめます	○カーネーション（ピンク）：温かな愛情
	○ヒペリカム：秘密	○ヒペリカム：秘密
	○リュウカデンドロン：閉じた心を開く	○デルフィニウム：清明
	○バラ（緑）：穏やか	○クルメケイトウ：個性
	○アワ：まとわりつく愛	○ハイブリッドスターチス：お茶目
	○スプレーカーネーション：熱愛・集団美	○フェイジョア：情熱に燃える心
	○ストレリチア：輝かしい未来	○ヒース：私は私でありたい
9月	○ヒマワリ：あなただけを見つめます	○クルメケイトウ：個性
	○ナスタチウム：愛国心	○アゲラタム：幸せを得る
	○フロリダビューティ：秘めたる思い	○ワレモコウ：移りゆく日々
	○カーネーション（オレンジ）：情熱	○ユーカリ：思い出
	○サクラコマチ：罠	○シオン：追憶
	○カリメロ：あなたを愛します	○セダム：静寂
	○スプレーカーネーション：熱愛・集団美	○ユキヤナギ：静かな想い
10〜1月：空白期間		
2月	○バラ（赤）：あなたを愛します	○チューリップ（赤）：愛の告白
	○デンファレ：魅惑	○アネモネ：君を愛する
	○スプレーカーネーション：熱愛・集団美	○カーネーション（ピンク）：温かな愛情
	○レモンリーフ：純粋な愛	○センニチコウ：永遠の愛
	○エリンジューム：秘密の思い	○スターチス（ピンク）：変わらぬ心
	○カンヒザクラ：善行	○ユーカリ：思い出
	○テマリソウ：才能	○レースフラワー：感謝
3月	○バラ（赤）：あなたを愛します	○チューリップ（赤）：愛の告白
	○スプレーカーネーション：熱愛・集団美	○レースフラワー：感謝
	○バーゼリア：情熱	○ブルースター：幸福な愛
	○ストレリチア：輝かしい未来	○ルスカス：陽気
	○テマリソウ：才能	○トキワガマズミ：私を見て
	○サンゴミズキ：成熟した精神・洗脳	○ポピー（白）：忘却
4月	○かすみ草：清らかな心	○ガーベラ（黄）：究極の愛
	○ガーベラ（白）：前向き	○グレビレア：平和
	○ルスカス：陽気	○アリアム：無限の悲しみ
	○デンファレ：魅惑	○オンシジューム：一緒に踊りましょう
	○ブルースター：幸福な愛	○クロッカス（黄）：私を信じて
	○ヤシ：勝利	○クロタネソウ：夢で会えたら

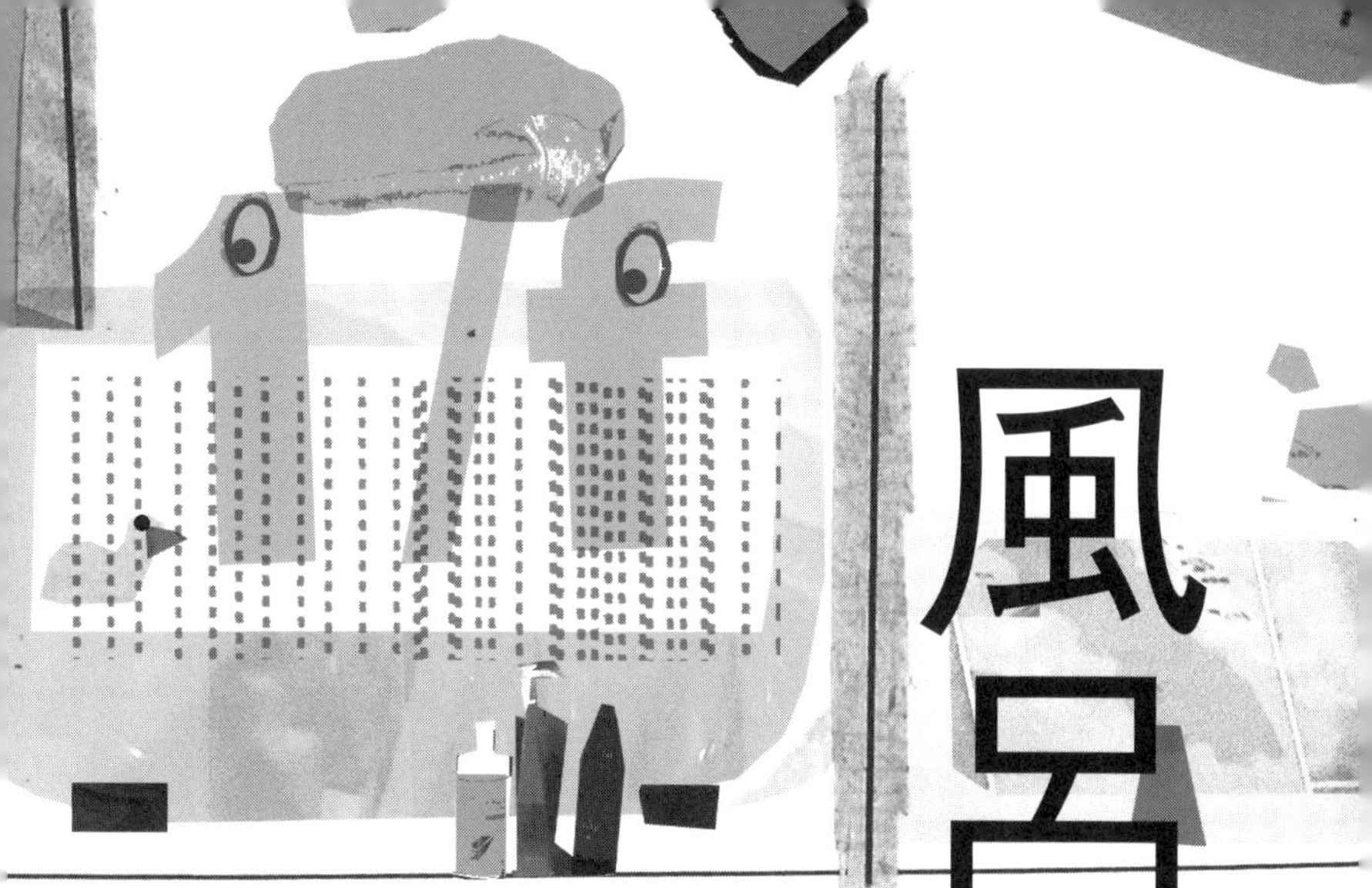

風呂

バブの20分間の鼓動を聴く

浴槽に浸かると、不意に思い出し笑いをしたり、飲み会の反省会が始まったりする。日本の風呂の慣習は、神道における「禊《みそぎ》」まで遡るというが、物理的な汚れだけでなく、一日に浴びたありとあらゆる不浄を取り除く部屋。風呂は記憶を洗い流す場所でもある。

風呂の効能を高めるために、入浴剤を使う。特に花王の「バブ」が好みである。一人暮らしで初めて風呂の統治権を手中にした僕は、CMで憧れていたバブのある生活を送るようになった。毎晩違う種類のバブを入れては、不浄と共に湯へ溶かした。最近は浴槽に浸かる頻度こそ減ってしまったが、ここぞという日にはやはりバブを投入する。

ただ正直なところ、入浴剤によって肌つやがよくなるとか、よく眠れるとか、そういう効果はよくわからない。温泉に入っても違いが判然としないから、元来、湯音痴なのだと思う。かと言って入浴剤の香りを楽しんでいるわけでもない。僕がバブを好む理由は、別のところにある。僕はバブが溶けた後の風呂ではなく、バブが溶ける過程を愛しているのだ。

お湯は熱めの42℃。今夜のお供には「バブ　ローズハーモニーの香り」を選んだ。艶やかな薔薇色のパッケージをした、大人のバブだ。個包装の切れ目を引くと、ぴりりと破ける。バブのさらさらとした感触が手の平にのる。楕円形の緩やかな流線が実に美しい。静《せい》謐《ひつ》な湖から一艘のボートが漕ぎ出すように、注意深く、そっと湯に放つ。バブはゆっくりと沈みながら、細かな気泡を吐き始める。水面に薔薇色が広がっていく。

パッケージにも「炭酸力のバブ」と表記されているように、バブの特徴は炭酸ガスにある。フマル酸と炭酸水素ナトリウムが含まれており、お湯につけると化学反応で炭酸が発生するらしい。よくわからない。だが音を立て泡を出すこの炭酸ガスこそが、バブの豊かな過程を演出する。

着水したバブはまず、シュー、という空気の抜けるような音を発する。バブを中心として無数の気泡が円状に広がる。そしてすぐにポコ、ポコ、と低音を響かせながら、それよりも大きめの泡が後を追う。小さな気泡と大きな気泡が互いにぶつかり合って、次々と弾ける。その勢いを利用してバブは魚みたいにひらひらと泳ぎ、意思を持つかのように移動を続ける。そうして好みの場所に落ち着いたバブは、高く鳴り始める。およそ炭酸という単語からは想像がつかない、ヒュンヒュンと、まるで鞭《むち》が空気を切り裂くみたいな、高速で回る縄跳びみたいな高音で鳴る。シュー、ポコポコ、ヒュンヒュン。泡の三重奏が立体となって押し寄せてくる。底まで沈んだバブは、ガスの勢いで低くジャンプをし、カタカタ、と着地音を発することもある。予測のつかない不規則なリズムは、早まる鼓動のように聞こえる。バブは確かに生きている。僕は浴槽という特等席で、バブの踊りを全身に浴びる。

リラクゼーションのBGMは数多くあれど、これほど落ち着く音楽も珍しい。目を閉じて耳を澄ますと、すっと意識が吸い込まれていく。キャンプの夜のたき火や、窓の外で降る雨に似ている。現実の面倒なあれこれは泡と立ち消え、超然とした世界が風呂に広がる。シュー、ポコポコ、ヒュンヒュン、カタカタ。バブの複雑な舞いは、一つとして同じになることはない。毎晩変化するメロディは、一期一会だ。バブの数だけ、音楽がある。

バブの奏でる芸術は、しかし、同時に消えゆく命の灯火でもある。バブの鳴る音は、バブが溶ける音だからだ。文字通りバブはその身を削りながら、歌い踊る。はじめに円状に広がった気泡はやがていくつかの輪となって、幾何学的な模様をつくる。細かな気泡と大きな気泡、そしてそれより大きな輪。くるくる回るお湯の万華鏡は、バブの最後の晴れ舞台だ。

投入から15分ほど経つと勢いは衰え始め、ちょうど20分が過ぎた頃に、踊りは終焉《しゅうえん》を迎える。バブはもはや原型を留めていない。それでも最後まで舞おうとするバブを、僕はじっと見守り続ける。もうヒュンヒュンともカタカタとも言わない。ただ、シューと長い息を吐く。かつて生まれたてのバブが出した、産声と同じ音。こうしてバブはバブに還っていく。

湯面にたゆたうひとかけらを掴もうとしても、手の平からこぼれ落ちていく。肉眼では捉えられないサイズとなって、湯の中へと散り散りに消える。湯のあちこちで、見えない粒が最後にシューと鳴る。別れの挨拶である。こうしてバブは、短い一生を終える。

バブの終わりを目にする度に、僕は「ゴースト　ニューヨークの幻」という古い映画を思い出す。亡くなった主人公が姿の見えない幽霊となって、恋人に会いに来るというストーリーだ。直接触れ合あうことのできないもどかしさが、こぼれゆくバブと重なる。湯に柔らかに溶けていくバブは、主人公が光に包まれ、天国へ昇っていくラストシーンを想起させる。映画において主人公と恋人の合言葉であった「同じく（〝Ditto〟）」の一言を呟きながら、僕はバブのお見送りをする。「ゴースト　入浴の幻」である。

映画の序盤で、直後に亡くなる主人公が「こんなに幸せが続くと、それを失うのではないかと……」と不安に駆られるシーンがある。幸せを得ることは、いつかそれを失うことを意味する。パッケージを破いては新しいバブと出会い、燃えるように舞って、そして目の前から消えていく。風呂は記憶を流す場所。バブとの儚い別れを繰り返す度に、僕は僕自身のめぐり合わせを思い出すのだ。

今夜のバブは緑のバブ。「バブ　至福の森めぐり浴」。日本中の森から香りを厳選したバブ。

実家の近くに森があって、よく一人で遊んでいた。中でも最大のプロジェクトは秘密基地の制作で、ビニールシートの床を敷いて、台風の翌日に散乱した木の枝を集めては、つるで結んで柱とした。完成した基地はいま思えば壊れかけの犬小屋のようだったが、当時の僕からすれば初めて所有する、自分だけの部屋であった。暇さえあれば基地に行って、敵兵から身を隠したり、極秘任務を遂行したりする空想に浸った。夕方には隙間だらけの屋根から差し込む木漏れ日を浴びながら、とろりと眠りに落ちるのが気持ちよかった。

しばらくして、基地が近所に住む同級生たちに見つかった。僕が作ったのだと白状すると、彼らは感嘆の声をあげた。もっと広く、豪華にしようと口を揃えて言った。仲を深める機をうかがっていた僕は、チャンスと捉えてその案に乗った。何より僕の考えた秘密基地が、認められたのが嬉しかった。僕は張り切って基地の増強計画を練った。

計画を上回るスピードで、基地はどんどん拡張を続けた。トタン板の壁が立てられ、傘をつなげた天井が被さり、水を逃す雨どいが敷かれた。いつしか基地は近所の子どもたちの溜まり場となり、知らない顔を見るようになった。訪れる度に広くなり、人を寄せ集めていた。勝手に成長していく木の小屋は、基地ではなくただの小屋にしか思えなかった。木漏れ日は傘に塞がれ、眠ることはできなかった。そのうち森から足は遠のき、僕は家で一人遊ぶようになった。

泡が浮かぶ。踊っては弾ける。

今夜のバブは水色のバブ。「バブ　クール　ミントの香り」。清涼成分の入った夏向けのバブ。

学校での僕は、空気のような存在だった。授業も退屈で仕方なかったが、ある日、作文を自由に書くように言われた。初めて知ったことだったが、自分の好きなテーマについて、好きに鉛筆を走らせるのは心躍る。次の授業で、その作文が全員の前で褒められた。夏休みの読書感想文にはコンクールもあるから、期待していると先生は言った。
　読書感想文を頑張る生徒なんて、ほかにいるはずもない。ここで違いを見せれば、状況が変わってくると僕は目論《もくろ》んだ。ヒエラルキーの下克上、一発逆転の手段は読書感想文しかないと、なぜか信じて疑わなかった。
　課題図書の野口英世の伝記を何度も読んで、ほかの伝記とも読み比べて、野口英世に夏を捧げた。特段そこまでの興味はなかったが、優れた読書感想文のためには野口英世が正解だと思えた。毎晩のように指が鉛筆で真っ黒になるまで書いて、消して、書いた。途中で何を書いているのかわからなくなったけど書いた。本当のところは感想も伝えたいこともなかったけど書いた。とにかく大人に好かれそうな、お手本のような感想文を目指した。原稿用紙3枚でいいところを10枚ほど書いた。出来上がった文章はロボットが書いたみたいな、不気味な無機質さを漂わせていた。

　夏休みが明け、大いなる期待を胸に感想文を提出した。1ヶ月かけた原稿用紙は、1週間で返却された。表紙には赤字で大きく「枚数を守りなさい」とだけ書かれていた。

　シューと音を立てて、バブが溶けた。ヒュンヒュンと高く鳴れば鳴るほど、溶け終わった後の浴槽は対照的に、残酷なまでに静まり返る。期待に応えようとすればするほど、空回りをつづけた自分に重なる。バブの儚さは、僕の心の苦い部分をつついた。

　それにしてもバブは、なぜこれだけ僕を魅了するのだろうか。なぜバブの音だけが、際立って聞こえるのだろうか。そんなことが気になって、僕はいくつかの入浴剤を録音し、バブと比較することにした。

ひとまず近所のドラッグストアに行って、炭酸系の入浴剤をすべて購入する。バブと並んで王道である「きき湯（バスクリン）」、「温泡（アース製薬）」、「にごり炭酸湯（白元アース）」は、それぞれ複数のシリーズを試す。ほかにも、最近口コミを中心に広がっているという「BARTH（TWO）」。また変わり種として、「爆汗湯《ばっかんとう》（バイソン）」、それから子ども向けの「光るレインボーかめバスボール（サンタン）」。計6シリーズ、20を超える種類の炭酸系入浴剤を、毎晩一つずつ録音することにした。

レコーダーと専用の集音マイクを用意し、浴室に固定する。ノイズカットのための毛むくじゃらのファーが巻かれた、本格的なマイクだ。雑音が混じらないよう、換気扇を止め、蛇口を固くひねる。条件は揃った。息を潜めて静かに入浴剤を落とす。

「温泡」や「にごり炭酸湯」はバブによく似た楕円形をしている。だがひとたび湯に入れると、違いは一目瞭然だ。泡の大きさが不揃いなバブに比べ、白くきめ細やかな気泡が、薄く均整をもって広がる。シュワシュワとコーラのような音を立てながら、小さな泡が一面を覆い尽くす。複雑で荒々しいバブの舞いとはまた違って、マスゲームのような統制のとれた美しさがある。これはこれで悪くはないが、やっぱりどこか物足りない。どこか、がなんなのかはまだわからない。

「きき湯」ははじめから粒状であるのが特徴で、スプーンですくい上げて使用する。緑色の粒は途端に縦横無尽に浴槽へ広がって、バブより強い音で、シュシュシュと鳴った。鮮やかなロケットスタートであるが、5分もすると勢いは衰えてしまう。線香花火のような入浴剤である。

「爆汗湯」はバチバチバチバチと、静電気が弾けるような音。「かめバスボール」はじわりじわり鳴りながら、名前の通り亀のようにゆっくりと溶けていく（最後に中から亀のフィギュアが出てきた）。中でも驚いたのが、中性重炭酸泉を再現したという「BARTH」だ。まるでシャンパンのような精緻な泡が上品だが、一切の音が聞こえてこないのである。耳を近づけてみても、不気味なほどの静けさを保っている。同じ炭酸湯でも、製品によってかなり違いがあることがわかった。

バブを含めたこれら入浴剤の音源を、音響解析ソフトに入れて調査を進めていく。バブの旋律の根幹に何があるのかを、テクノロジーの力で解きほぐしていきたい（なお BARTH については音量が小さすぎて解析が困難なため、以降は対象外とする）。

まず着目したのは音量だが、大きな違いは見られなかった。投入後10分間の平均音量を計測すると、どれも50〜60デシベルの間で推移している。騒音目安表でいうと「普通」に位置する音量だ。ピーク時の音量は「きき湯」「爆汗湯」が少し大きめではあるものの、誤差の範囲だと言えよう。

ただし音量の推移を時系列にみると、「一の字型」と「への字型」とに分類されることがわかった。一の字型とは投入から終了（※音量が「極めて静か」水準である30デシベルを切った時点で終了とする）まで、ほぼ一定の音量を保ち、波形が凪のように一の字を描く入浴剤だ。最後までバチバチと鳴り続けた「爆汗湯」や、じわりじわりと溶け続けた「かめバスボール」がこれに該当する。

一方の「への字型」は、投入後から音量が上昇していき、数分後にピークを迎え、徐々に下降していく「へ」の波形を描く入浴剤だ。バブや「きき湯」、「温泡」などメジャーな炭酸系入浴剤はどれもへの字型に該当する。中でもバブはのっぺりとした、横に長い「へ」を描く。炭酸の持続時間が段違いに長いためだ。例えば「きき湯」は投入後1分ほどでピークを迎え、その後5分ほどをかけて終了に向かっていく。変化の激しい、過激派の「へ」である。「温泡」にしても「にごり炭酸湯」にしても、持続時間はせいぜい10分ほど。ところがバブは5分ほどをかけてゆっくりとピークを迎え、その後15分は舞い続ける。大器晩成型であり、長寿型の「へ」である。長く音を楽しみたいのなら、バブこそが最適解だ。

ただ音の寿命が長いことが、バブの魅力を説明し切れているとは思えない。もっとほかの部分に秘密があるのかもしれない。たとえば音階はどうだろう。ヒュンヒュンと唸る高音は、バブならではのものだと思う。そこで各入浴剤の音階を測ったところ、意外なことに大差はなかった。確かにバブは終始高めではあったが、「きき湯」「温泡」にも同じような音階が見られた。またバブの儚さは終わり方にこそあるのではないかと考え、「終了」時の鳴り方にも着目してみた。しかしこれといったユニークな特徴を見つけることはできなかった。

どの指標を用いても、バブの真髄を語れない。困った。このままだと、入浴剤ならなんでもよかったということになってしまう。湯音痴ではあるが、バブの舞いだけは特別だと信じてきた。もしかすると気のせいなのだろうか。ずっと聞いてきた音が耳に馴染んで、ただ好みに転換しただけなのだろうか。そんなときに出会ったのが、「ゆらぎ」という概念だった。

「ゆらぎ」とは、物理学的な文脈で、ある量の平均値からの変動を指す。空間的、時間的な外れ値とも言える。たとえば定規で丁寧に引かれたように見える直線も、顕微鏡で拡大するとズレや歪みが生じている。自然界でも同様に、一定の法則に従って移動する天体も、わずかに軌道からずれた運動を含んでいる。道端に転がっている石ころさえも、温度によって膨張したり収縮したりを繰り返している。この世に一定のものはなく、常になんらかの「ゆらぎ」が発生しているのである。通常はノイズとして除去されるこのゆらぎを、研究している人々がいた。

日本におけるゆらぎ研究の第一人者である武者利光《むしゃとしみつ》東京工業大学名誉教授によると、ゆらぎには種類があるらしい。大雑把に分類すると、ランダムなゆらぎと、単調なゆらぎが存在するという。ランダムなゆらぎは、不規則で予想がつかない動きをする。例えば宝くじの当せん番号は、予測することのできない、人為的に作られたランダムなゆらぎだ。一方で単調なゆらぎとは、まるでメトロノームのような規則性を持っている。平均値から外れてはいるが、その外れ方が予測できる。

　あるゆらぎが規則的か不規則的かの程度は、周波数「f」によって表現される。ここで注目すべきが、「1／f」の関数で表現されるゆらぎ、通称「1／fゆらぎ」だ。1／fゆらぎは、不規則なゆらぎと、規則的なゆらぎ（1/f^2ゆらぎ）のちょうど中間に位置している。つまり大きな規則性の中に、不規則性が現れるようなゆらぎである。この1／fゆらぎが、人間に最も快適感を与えるとされるのだ。

『ゆらぎの発想　1／fゆらぎの謎にせまる』（NHK出版）によれば、自然界の様々な現象が1／fゆらぎを示しているという。代表的なものが川のせせらぎだ。基本的にはまっすぐに流れる川も、川底の石の並びや、川辺の歪み、そういった変数によって適度な不規則性を有した音を出す。ロウソクの炎や、そよ風も同様だ。風は常に同じ速度で吹き続けるわけでもなく、かと言って完全にランダムに吹くのでもない。あるいは人間の心拍さえも、きれいな1／fゆらぎにあるという。規則的に聞こえる心音も、厳密に計測すると、不規則にゆらいでいるのだ。

　自然環境に近いリズムだからこそ、1／fゆらぎは人間にとって心地よく感じる。規則的すぎると飽きてしまうし、完全に不規則だとストレスを覚える。規則性の中にある不規則性、そういった「適度な刺激」こそが快感につながる。1／fゆらぎの研究を読んで、僕はバブの舞いを思い出した。音量でも音階でも大きな違いがなかった入浴剤を、ゆらぎという側面で解析してみるとどうなるだろう。

　今回の調査では、「ゆらぎアナライザー」という解析ソフトを使用する。音源を読み込むことで、ゆらぎの程度を判定できるソフトだ。出力された結果が「1」に近いほど1／fゆらぎに近く、数値が0・9〜1・1の間にあれば、1／fゆらぎが存在するという。それより値が小さければ不規則性が強く（ランダムなゆらぎ）、大きければ規則性が強い（単調なゆらぎ）ことになる。

　ただし「ゆらぎ」理論自体がまだまだ幅広い曖昧さを含んでおり、この結果が絶対というわけではない。温度や湿度など、観測環境によっても変わってくるかもしれない。だが参考程度だとしても、ここからなんらかの示唆《しさ》が見つかればいい。バブのしらべに、自分なりの意味を見出せればいい。そんな思いで、音源をアナライザーにインポートした。バブは「バブ　ローズハーモニーの香り」を皮切りに、6種類を計測することにした。

　まず数値が小さい、つまり不規則性の強いゆらぎを発した入浴剤からみてみよう。「爆汗湯」が0・328、「きき湯　ファインヒート」が0・301と、極めて低い数値となった。「爆汗湯」はバチバチと大きな音で鳴る入浴剤。「きき湯　ファインヒート」とは通常の「きき湯」の強化版で、「超発泡」が謳い文句の入浴剤だ。炭酸を強くすればするほど、泡の振れ幅が大きくなり、リズムがランダムになるのかもしれない。

逆に数値の大きい、つまり規則的なゆらぎを示していたのは「光るレインボーかめバスボール」と通常版の「きき湯」だ。どちらもきめ細やかな泡が特徴で、シュワシュワと安定した音頭を奏でる。均一な大きさの泡が、規則的なリズムにつながるというのは納得できる。

そして、肝心のバブだ。僕の心を落ち着かせ、時には苦い記憶を掘り起こすバブは、どのようなゆらぎを有しているのか。6種類のバブの結果がこちらだ。

○バブ　ローズハーモニーの香り：0・911
○バブ　スイートカモミールの香り：0・934
○バブ　ロマンティックジャスミンの香り：1・03
○バブ　ラベンダーの香り：0・993
○バブ　森の香り：0・892
○バブ　メルティミルクの香り：0・909

観測された数値は6種類中5つが、そして残りの一つもほぼ、0・9〜1・1の範囲内。紛れもない、1／fゆらぎである。

バブは、ゆらいでいた。見事なまでに、1／fにゆらいでいた。ここまでわかりやすい結果が出るものかと、逆に不安になった。しかし何度計測してみても、数ある入浴剤の中でバブだけが、常に1に近い数値を出し続けるのだ。

※ただし炭酸力10倍を謳う「バブ　メディキュア」シリーズについてはこれに該当せず、0・6前後の結果だった。やはり炭酸力を強化すると、ゆらぎのランダム性が上がるのかもしれない。

「温泡」や「にごり炭酸湯」においても1に近い数値が出たこともあったが、複数の種類を繰り返し測定しつづけたところ、バブだけが安定してこの水準をクリアすることがわかった。明らかにバブは、ほかの入浴剤と異なる旋律で舞っていた。

バブの1／fゆらぎは、泡の多様性から生まれるのだと思う。シューという規則的なリズムの小さな泡に、ポコポコという大きな泡が混じる。そこにヒュンヒュンと高音の不規則性が乗り、さらにはカタカタと低く響く。音が音にぶつかり、また新しい音が生まれる。安定した世界は平穏だが、ともすれば退屈だ。何も起こらない部屋は安全だが、時折ため息が出る。バブは規則性の中に不規則性を持ち込む、1／fゆらぎだった。川のせせらぎであり、鼓動であった。だからこそバブは、僕の心の奥のほうをゆらす。

バブが舞い踊り、消えていくことを儚さだと捉えていた。空回りを続けた自分の記憶にも重ねた。だがバブの舞いは、裏をかえせばゆらぎだった。単調なリズムを破壊する不規則性であった。果たして、僕の場合はどうか。風呂で一人、少年時代の反省会を始める。

繰り返される低空飛行の日々を、誰かの期待に応えることで脱しようとしていた。求められることが必要だと思った。確かに嬉しくて、大切なことではあった。だが僕は深みにはまった。秘密基地を拡大し、10枚の読書感想文を書いたが、どこにも行き着くことはなかった。

あるいは期待そのものが、僕の都合のいい解釈だったかもしれない。期待という魅惑的な言葉に寄り掛かり、誰かが求めているからと言い訳をして、思いめぐらせることをやめてしまった。自らの空想に立脚することを、放棄してしまった。どこかから借りてきたレンズでは、焦点が合うことはなかった。

今宵も僕は、バブを聴く。1／fの関数に身を委ね、規則と不規則の間をゆらぐ。

単調な日々を打ち破るには、バブのようにただ舞い続ければよかったのだと、いまになって思う。身体が動くままに、泡を出し尽くしてみればよかったのだと思う。

いまの僕を形作っているのは、立派な小屋でも10枚の感想文でもない。僕にとっての1

／fゆらぎは、壊れかけの基地に差し込んだ木漏れ日だった。胸を躍らせて、鉛筆を走らせた作文だった。それらの延長線上に立って、今も空想をめぐらせ、文章を書いている。

あのまま舞いつづけていれば、違った少年時代を過ごせたのだろうか。そんなふうに苦い記憶の不浄を思い出しては、薔薇色の湯で洗い流した。禊の夜が、また更けようとしていた。

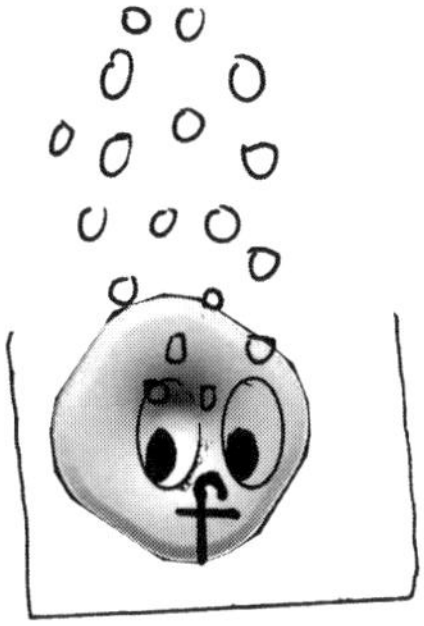

二十時二十七分五秒。シューシューと産声をあげながら、私は誕生した。ローズハーモニーという名の、元気な赤ん坊だった。私は力の限り泣き続けた。どこまでも広がる透明の湖に、光が不規則にゆれていた。身体はまだうまく動かない。

同二十八分十四秒。ポコポコと話せるようになった。大きな泡と小さな泡が、競うように湧き出してくる。ちょっとくすぐったいけど、なんだか嬉しい。全身の自由もきくようになって、深いところまで沈んでいける。これからの私が楽しみだ。

同二十九分三十六秒。泡たちの歌声に、新しい仲間が加わった。ヒュンヒュンと高い音色が水中にこだまし、私をサポートする。大きな輪と小さな輪がぶつかっては弾け、賑やかな大合唱の真ん中で私は舞う。ローズハーモニーの名を胸に、私は花びらのように舞い、全身で音楽を奏でる。

同三十一分十一秒。舞踏会は加速する。身体が前より軽くなった気がして、自在に泳ぎ回り、踊り回った。ついに底までたどり着いて、わざとぶつかって遊んだりした。カタカタと振動するたびに、泡たちがくすくす笑う。なんだってできるし、どこへでも行ける。視界が私の色で染まっていく。

同三十五分五十四秒。幸せだ。この幸せがいつか消えてしまわないか不安がよぎったりもするけど、それもすぐ忘れてしまうくらいに幸せだ。

同三十八分一秒。随分と身体が小さくなった。湖の底にぶつかっても、前ほど大きな音は鳴らなくなった。泡が騒げば騒ぐほど、この身が削がれていくようだ。しばらく大人しくしていようかと思ったが、身体は勝手に踊り続ける。もう止められない。

同四十二分三十二秒。私は萎《しぼ》んでいく。全身が崩れ、散っていくのをただ眺めるしかない。生まれた頃の姿は、もはや見る影もない。泡たちもすっかり元気をなくして、身体に力が入らない。もう踊ることはできないのだと悟った。

同四十五分四十八秒。ただ、シューと鳴る。

同四十七分五秒。私は瓦解した。分離し、拡散し、流通した。私の身体は消滅し、湖に溶けようとしていた。消えることが自分の役割だったのだと、私はようやく理解した。

私が泡たちと踊り続けたのは、役割を果たすプロセスでしかなかった。踊らなくても、歌わなくても、結局は消えていたのだと思う。どこかでそのことに気づいていたのだとも思う。

だけど抗えない運命にもがくようにして、私の全身はゆらぎ続けた。すべてを出し尽くして踊り狂った。そんな二十分間を、誰かが見ていてくれたなら嬉しい。

遠くから声が聞こえた。いい湯だった、と声は言った。同じく、と私は答えた。

「きかんしゃトーマス」490話から紡ぐ安全報告書

書斎

ツクツクボウシが鳴いている。僕は書斎に閉じこもる。血走った眼で、きかんしゃトーマスを観ている。

書斎の「斎」の字の語源は、「ものいみ」にあるという。ものいみとは特定の期間、日常的な存在から離れ、穢《けが》れから逃れる行為を指す。世俗から断絶され、こもり、書に没頭するための場所が書斎なのだ。

これは喋る機関車たちに没頭した、一夏の、ものいみの物語である。

「きかんしゃトーマス」。架空の島「ソドー島」を舞台に、人格を持った機関車たちが活躍するイギリスのテレビ番組だ。日本の子どもにも大人気で、かくいう僕もかつてトーマスの虜《とりこ》だった。実家にはいまでも当時のプラレールが大切に保存されている。

先日、久しぶりにトーマスを目にする機会があった。耳馴染みのあるオープニングと青い機関車が走り出す姿に、仄《ほの》かな郷愁を抱いた。そして興味本位でいくつか適当なエピソードを再生したところ、異変に気づいたのだ。大変に面白い。

まずテンポが素晴らしい。1話の尺が10分弱とちょうどよいし、息つく間もない展開には起承転結がきっちり組み込まれている。キャラクターも魅力的だ。お調子者のトーマスに威張り屋のゴードン、臆病なパーシー、自惚《うぬぼ》れ屋のジェームス。どの機関車も人間味に溢れている。彼らはときに励まし合い、ときには喧嘩をし、ときには罵《のの》り合う。というか全員かなり口が悪い。「このノロマ！」「ポンコツ！」といった台詞が飛び交うさまは、昼ドラのような迫力がある。でも最後にはさっぱりと仲直りをするので、嫌な後味も残らない。こんなに大人も楽しめる作品だったとは、改めて観るまでは気づかなかった。いつの間にか僕は画面に釘付けとなって、トーマスに熱中していた。もっと、トーマスを知りたい。

ただ、1点だけ気になるポイントがあった。機関車たちはあまりによく事故を起こす気がするのだ。彼らはとてもカジュアルに衝突したり、脱線したりする。現実世界であれば大ごとである。もちろんこれはフィクションで、怪我人は出ないし、話の終わりにはすべて元通りに戻っている。それでもこの事故の多さは、あまりに破天荒ではないか。このペースで事故を起こすのであれば、これまで抱いていたトーマスへの印象が一変してしまう。それとも僕が観たエピソードに、たまたまそういうシーンが多かっただけなのだろうか。トーマスの物語に歩み寄る上で、この事象への理解を深めることが必要に思えた。

現実世界の日本では鉄道事業法に基づき、鉄道各社には「安全報告書」の公表が義務付けられている。安全への取り組みや事故の報告、原因や対策、安全文化の醸成《じょうせい》などについて記した書類だ。もしトーマスの世界で安全報告書を作成したとしたら、どういう内容になるのだろうか。機関車たちはどれくらい事故を起こしているのか。その傾向はどう変化していて、果たしてなんらかの対策はなされているのだろうか。

僕は機関車たちの事故回数を数え、ソドー島の安全報告書を作成することにした（なお、以降はすべて報告書作成時点の情報をもとにしている）。

外では桜が散り、緑の葉が生い茂っているようだが、部屋はまだ肌寒い。身震いしながらパーカーをフードまでかぶり、書斎でＰＣの画面に向かう。

きかんしゃトーマスは30年以上の歴史を有しており、いまなお放送の続く長寿番組である。現在ではシーズン23がイギリスで放送されており、総エピソード数は500話を超える。いまのところ日本ではシーズン1~7、9~11、13~17をNetflixなどのストリーミングサービスで観賞できる。シーズンが飛び地になっているのは大人の事情のようで、今回の記録は閲覧可能なシーズンを対象とした。

カウントしていく「事故」の定義についても、ここで改めて明確にしておこう。

○事故：線路を飛び出したり、何かを壊したり、みんなが深刻な顔をしていること
○無事故：単なる故障や接触が起きただけで、特に深刻な顔をしていないこと

厳しい基準を置いたと言える。単なる故障や接触は「事故」に含めていない。トーマス世界においては、えーい！　とか言いながら機関車同士がぶつかって笑っている。乗客も気にしていないし、それはもはや「じゃれあい」の域にあるのだろう。ただじゃれあいの結果そのまま線路を飛び出したり建物を破壊したりすることもあって、そういうときは流石の機関車たちも渋い顔をしている。これは事故である。じゃれあいが多発するトーマス世界において、曖昧なケースは「顔が深刻か否か」で判定するしかないのだ。よって主観的な判断も含まれてしまうが、致し方ない。

夜になると書斎にこもり、トーマスを観賞する。意外にも、初期のエピソードでは事故

が発生しない。故障したり、罵り合ったり、時間に遅れたりはするけど、事故にまでは至っていない。初期の最大の事件といえば、機関車たちのボス的存在であり、ソドー鉄道局長の「トップハム・ハット卿」が、トレードマークのシルクハットをヤギに食べられたくらいである。

　初めて本格的な事故が発生したのは、シーズン1「ジェームスのだっせん」だ。タイトルからして、あるな、という感じがしたけど、やっぱりあった。赤い機関車のジェームスが脱線したわけだが、ここでキーになるのが「貨車」の存在である。

　機関車たちの主な仕事は「客車」と「貨車」の2種類の車両を牽引《けんいん》することだ。どちらにも人格が存在するが、とりわけ厄介なのが貨車である。貨車たちはとにかくいたずら好きで、機関車の言うことに耳を貸さない。それどころか「いけー！」とか叫びながら機関車たちを思い切り突き飛ばしたり、逆方向に引っ張ったりする。甚《はなは》だ迷惑な存在である。

　初回の事故以降も、貨車たちは次々とトラブルを引き起こしていく。しかしここで、不審な点が浮かび上がる。上司たるトップハム・ハット卿は元凶の貨車を叱ることなく、代わりになぜか機関車たちをこっぴどく叱責するのだ。

　例えばシーズン2「かしゃにのりあげたパーシー」では機関車パーシーが貨車に無理やり押し出されたにもかかわらず、ハット卿は「お前は厄介なことをしてくれたな」とパーシーを叱りつけた。パーシーは随分と落ち込んでいたが、気持ちはよくわかる。

　また、同じくシーズン2「とこやにいったダック」では機関車ダックがこれまた貨車に追突され、線路の先にある床屋に突っ込んでいく。まず「とこやにいったダック」というタイトルが秀逸だし、なぜそこに床屋があるのかという疑問も残るものの、もっと気になるのは反省の色すら見せず大笑いしている貨車が、一切非難されないということだ。要はハット卿がボス、貨車が部下だとしたら機関車たちは中間管理職なのである。部下から突き上げられ、上司からは叱られる。そんなサラリーマンの悲哀がある。

しかも一説によると、当時のイギリスで使用されていた貨車は基本的に鉄道会社ではなく荷主の所有物、いわゆる私有貨車だったという。つまり顧客の手前、ハット卿は貨車に強く出られないのかもしれない。そして行き場のない怒りを機関車たちにぶつけるのだ。中間管理職の中でも、取引先のドラ息子が部下についていびられるような、そんな涙ぐましい中間管理職である。そりゃあ機関車たちも、口ぐらい悪くなるだろう。

その後も、事故の回数は着実に増えていく。シーズン1では7回だったが、シーズン2～4ではそれぞれ13～14回と、およそ倍の数字になっている。原因としては貨車のいたずらに留まらず、機関車たちの単なる不注意であったり、調子に乗ってスピードを出しすぎたり、自然災害が起きたケースもある。

しかしいずれの場合もトップハム・ハット卿は機関車たちを一方的に説教するばかりで、改善案を提示しようとしない。時間を守りなさい、人の役に立ちなさいと同じことを繰り返すばかりで、具体的なアクションに落とし込むこともない。本来ミスが多発する職場では個人ではなく、仕組み自体にメスを入れるべきだ。ソドー島で事故が多発する背景には、ハット卿のマネジメントに責任の一端があるのかもしれない。

冷えた空気から一転して、突然の暑さが訪れた。コンクリートの焼けた匂いが、部屋の中まで忍び込んでくる。書斎のクーラーは唸りをあげるばかりで、額に滲んだ汗が、トーマスにかじりつく僕の頬を伝っていく。

先に書斎の語源について触れたが、英語では書斎のことを〝study〟と呼ぶらしい。勉学、研究。好きな書に囲まれ、書を記す書斎は、自分だけの図書館であり、自分だけの大学でもある。そのstudyの語源をさらに遡ると、ラテン語の「ストゥデューレ」に行き着くという。意味は「精神を集中させる」。海外においても、書斎とは外界と切り離され、自己の内面と向き合う場所であったのだ。そう考えると机とＰＣがあるだけのこの部屋も、やはり立派な書斎である。トーマスという「書」に没頭し、徹底的に向き合うには、この場所以外に考えられない。暑さなど心頭滅却し、精神をトーマスへと集中させる。

８月へ差し掛かった頃には、閲覧したエピソード数が２００を超えた。夏休みシーズンということもあって、ＳＮＳでは映画にドラマに、新作の話題で持ちきりだ。しかし僕はひたすらトーマスだけを観続けるので、会話に参加することができない。太陽は燦々《さんさん》と万物を焦がしているが、外に出ないので日焼けもしない。

だが不思議と飽きることはなかった。むしろ激しさを増す展開に、1秒も見逃すものかと前のめりになる。機関車同士の喧嘩もどんどんと苛烈になって、嘘をついて出し抜こうとしたり、冗談では済まされないレベルのいたずらを仕掛けたりする。謀略と奸計《かんけい》が張りめぐらされた世界、ソドー島。それなのに毎回ハッピーエンドで終わるので、脚本の巧みさには舌を巻くばかりだ。

シーズン5に入ってから、事故の回数は飛躍的に伸びていった。「事故回数／エピソード数」で算出される「事故率」を調べてみると、シーズン6では約70％、シーズン5に至っては約85％の割合で事故が起きている。これはもう走るイコール事故の状態である。

キャラクターの増加につれ事故の原因も多様化してきて、例えば「ダンカン」という機関車に至っては「ロックンロールを踊りたかった」という非常にロックな理由で何度も脱線している。相変わらず貨車のいたずらは激しく、また機関車たちもそれに対抗して自ら貨車にぶつかり始めたりするので、混迷を極めるばかりだ。

シーズン11「トーマスのドッキリ!!さくせん」ではついに1話で4回も事故が起きるという新記録が樹立された。トーマスが機関車たちをわざと驚かしたというのがその原因だ。ドッキリ!!とか言っている場合ではないが、最後には素直に反省して謝るあたり、やっぱりどこか憎めない。

そんな中、僕にも小さな変化が起きた。事故を予見できるようになったのだ。一例を挙げると、ナレーターが「だが問題が起きた」もしくは「もう遅かった」という2種類の台詞を述べると、その直後に必ず事故が起きることがわかった。ナレーションはいつも事故の予兆を教えてくれていた。これで心の準備ができる。

更なる発展形として、エピソードのタイトルだけでも事故の有無が予測できるようになった。例えば「あなにおちたトーマス」「パーシーのだいしっぱい」のようなタイトルでは明確に事故が発生する。これは簡単だろう。ではもう少し難易度をあげて、「トーマスあさごはんにおじゃま」というタイトルはどうだろう。何が起こると予想されるだろうか。

答えは「トーマスが朝ごはん中の家に突っ込む」である。トーマスを観続けていれば容易に解ける問題だ。ちなみにトーマスが突っ込んで粉々になった家では、奥さんが「(朝ごはんを)また作り直さなきゃならないわ！」と怒っていた。怒るポイントがおかしい。ソドー島は不思議に満ちている。

8月半ばを過ぎたあたりで、ストリーミングサービスにある約３５０話をすべて観終わった。当初の予定では、これで完了ということになる。しかし僕は終われなかった。全然足りないのだ。事故の集計に足りないのではなく、純粋に僕がトーマスに飢えていた。もっと、もっとトーマスをくれ。

禁断症状で夢にまでトーマスが出てきたし、油断するとすぐにトーマスのメロディを口ずさんでしまう。完全にトーマス中毒になった僕は、ついにまだ観ぬ海外版DVD「Thomas & Friends」に手を出すことにした。追いトーマスである。

シーズン8と12は日本に在庫が見つからず、イギリスから輸入した。海外対応のDVDプレーヤーを用意して、再びトーマスの世界へと浸る。日本語版とは違って、英語版では同じナレーターが全員の声を同時に演じるというスタイルが採用されている。これはこれで趣がある。

いつもの軽快なオープニング曲にのって、華麗なブリティッシュイングリッシュが流れる。トーマスが走り、パーシーが落ちる。僕の英語力は向上していく。もう少し、まだこの物語と一緒にいたい。

夏目《なつめ》漱石《そうせき》は、閑適《かんてき》な書斎を好んだ。トルストイは朝から書斎にこもって、数々の物語を書き上げた。ソクラテスは天井から吊るされた籠の中にこもり、思索に耽《ふけ》ったらしいが、それも一つの書斎の形かもしれない。

書斎という特別な部屋を介して、人類は多くの物語を生み出してきた。書斎があったからこそ、僕もここまでトーマスに夢中になれた。元々は事故の回数を数えることが目的だったが、さほど重要ではなくなっていた。書斎という創造空間が、僕をトーマスの世界へのめり込ませたのだ。書斎は物語を紡ぎ、また物語に浸る場所でもある。夏の終わりとともに、僕は全４９０話をついに観賞し終えた。

安全報告書については、しかし折角集計したので、一応は結果を記しておく。まず、４９０話の合計事故回数は、１９８回。1話あたりおよそ0・4回事故が起きていることになる。中盤の勢いより大分落ち着いた印象があるが、それでもなかなかの頻度である。

続いて、事故を起こした機関車のランキングだ。

5位、ヘンリー（10回）。4位、ジェームス（12回）。3位、ゴードン（13回）。2位、パーシー（23回）。そして1位、トーマス（39回）。

主人公トーマス、堂々の1位。もちろん主役として登場するエピソードが多いという事情もあろう。しかし悪口を言って貨車に嫌われたり、調子に乗りすぎて天罰が下ったり、その個性的なキャラクターが寄与していることも間違いない。

そして次は、事故原因の内訳だ。これは重要な観点かもしれない。原因を追及することで、事故の再発防止につながるのだから。

5位、短気（9回）。4位、自然災害（18回）。3位、図に乗る（23回）。2位、わざと（36回）。そして1位、不注意（68回）。

注意してください、というのが結論になってしまうが、注目すべきは2位に「わざと」がランクインしていることだ。これは貨車も含めた登場人物たちがわざと事故を起こしたり、何らかの手口で事故を誘発したり、明確な悪意を持って事故を発生させたときにカウントした項目だ。やはりいたずら貨車の影響が大きいが、それにしてもトップハム・ハット卿の手腕が問われる結果である。

ちなみに「図に乗る」は調子に乗りすぎて事故につながった場合、「短気」は怒りのあまり我を失って事故を起こした場合にカウントしている。どちらも「不注意」の派生ではあるが、機関車たちの人間味がうかがえるので別途集計とした。

さらに、事故回数上位の機関車と事故原因をクロス集計してみると、より深い傾向が見えてくる。まず、ランキング上位の機関車たちにおいては、「自然災害」という不可抗力の影響が驚くほど少ない。つまり上位ランカーの彼らは、基本的に自業自得で事故を起こしているのだ。パーシーは圧倒的に不注意が多い。ゴードンは短気で、ジェームスは貨車に嫌われやすい。機関車それぞれの性格が表れていると言えよう。

こうして当初の目的は果たしたわけであるが、僕の心にはまだ引っかかる部分があった。事故の内訳については整理できたが、実はそもそも、途中から全体の事故回数が減少しているのだ。改めて時系列で集計すると、あるシーズンを境にして、事故回数が右肩下がりとなるグラフができ上がる。その境とは、シーズン13だ。シーズン12以前の事故率を計算すると、ちょうど50％。それに対し、シーズン13以降での事故率は23・9％。なんとシーズン13を境界に、事故率が半分以下になっているのである。

シーズン13といえば、人形劇だった本作がちょうどフルＣＧ化したタイミングである。ここで何かが起こったのだ。なぜシーズン13以降、事故は減少したのだろうか。ここからはあくまでトーマス中毒者による妄想として、３つの仮説を提唱したい。

仮説１。最初の鍵は、シーズン14の「ヘンリーはあんぜんだいいち」というエピソードにある。安全をテーマにした教育的な内容だが、ナレーションの中にこういう台詞が出てくるのだ。

「ヘンリーは長い間ソドー鉄道で働いていたが、『安全第一』という言葉を聞くのは初めてだった」

「ロッキーも初めて『安全第一』という言葉を聞いたが、それが重要なことだとわかった」

３００話以上経って今更である。なんと機関車たちはそれまで、安全第一という言葉を知らなかったのだ。３００話を経てついに安全第一を覚えたヘンリーは、得意げに語る。

「『安全第一』だからな、パーシー」

「『安全第一』にはまず、確認することがとても大事なんだ」

これは仮説だが、ヘンリーが安全第一という言葉を覚えたことによって、それがほかの機関車たちにも波及したのではないか。これまでソドー島には存在しなかった安全第一という概念が浸透し、事故を起こす機関車が減少したのではないだろうか。

仮説2。次の鍵は、貨車だ。シーズン13以降、あのいたずら貨車たちが、ほとんど出演しなくなったのである。いや正確に言うと貨車自体は登場するのだが、顔や人格が存在しない。現実世界と同じ貨車なのだ。だから機関車を無理やり押したり、突き飛ばしたりもしない。ただ静かに、言われるがまま機関車に牽引される存在となった。そうすると、必然的に事故も減少する。

これも仮説に過ぎないが、度重なる貨車たちのいたずらに対し、何らかの制裁が加えられたのではないだろうか。そして貨車たちは人格を失ったのではないか。

これら2つの仮説は、実際に数値にも表れている。シーズン13以降の事故回数を原因別に集計してみると、「自然災害」による事故は引き続き発生している。一方で自業自得と言えるような事故の発生率は、大きく減少しているのだ。例えば「わざと」発生した事故は73％も減少している。これは、わざとぶつかる貨車たちが消えた影響が大きい。また「不注意」の事故は45％、「図に乗る」「短気」によって起こった事故は80％近く減少しているが、これは安全第一の意識が広がった成果と言えるのではないか。

安全第一の概念の普及と、貨車の人格喪失。この2つの要因によって、機関車たちの事故が減ったのだと推察する。

そして、3つめの仮説。これが安全報告書の最後にして、最も重要な鍵である。

その鍵は、「事故の代わりに、何がトーマスの物語を展開させるのか？」という問いに潜んでいる。これまで機関車たちは事故を起こし、怒られ、反省することによってストーリーの起承転結を形成してきた。事故が激減したいま、代わりとなる物語のスパイスが存在するはずなのだ。

それに気づいたとき、あるアイデアが天啓のように舞い降りた。しかし僕は逡巡した。覚悟が求められたのだ。なぜならそれは、「物語の構成の変化を調べるために、４９０話をもう一度観直す」というアイデアだったから。

別にここで観直さなくても、調査としてはもう十分かもしれない。残りの夏を楽しめばいい。そういう甘い考えが頭をかすめた。しかし僕は結局、もう一度ＰＣを立ち上げたのだ。決め手となったのは、トーマスを観たいという純粋な願い。やらなくていいし、求められてもいない。僕はただトーマスとの夏を、共に走り続けたかった。

きかんしゃトーマスの原作は、『汽車のえほん』という絵本にある。作者のウィルバート・オードリーは、近所の鉄道から聞こえてくる蒸気やエンジンの音に、まるで機関車が意思を持ち、会話をしているように感じたという。そこから機関車たちのストーリーを空想し、病気の息子に語り聞かせたことが、絵本の誕生につながった。ウェールズにある博物館には、いまでもウィルバートの書斎が保管されている。

イギリスと日本。1万㎞離れた書斎同士が夏の終わりに結びつく。声なきものの声を聞いたウィルバートの物語を、僕はこの書斎で正面から受け止める。何百回目かわからないテーマソングが、ツクツクボウシと共に晩夏を奏でる。目は血走り、脳汁が噴き出し、全身の神経が研ぎ澄まされる。もう止まらない。石炭の代わりにエナジードリンクを飲み、蒸気の代わりに鼻息を吐く。僕という機関車が、ソドー島を疾走する。僕の夏はトーマスと共にあり、トーマスが続く限り夏は終わらないのだ。

徹夜もした。有給もとった。その結果、1周目の約6分の1の日数で全話を観終わった。火《ほ》照《て》った身体には一切の疲労はなく、なんなら3周目すらいける気がした。どこまでも駆けることができる、いわばトーマス・ハイだった。そうして2周目の４９０話を観終わった僕には、ソドー島の真実が見えていた。

本題に戻ろう。シーズン13以降、きかんしゃトーマスの物語を支えてきた存在は何か。事故に頼ることなく、変わらない面白さを維持させてきたのは誰なのか。

それは、ソドー鉄道の局長、トップハム・ハット卿である。

シーズン14「はたらきもののきかんしゃ」。ハット卿が汚れて真っ黒になる。

シーズン17「アフタヌーンティーきゅうこう」。ハット卿がジャムまみれになる。

シーズン19「ヘンリーのしんぱい」。ハット卿のズボンが破れてパンツが丸見えになる。

シーズン13以降、やたらとトップハム・ハット卿が災難に巻き込まれるのだ。シルクハットを飛ばされたり、何度も転んだり、牛に追いかけられたり。牛乳まみれになったり、愛車をスクラップにされかけたり、愛車に煙突をとりつけられたり。これまでの高圧的なキャラクターとは打って変わって、とにかく酷い目に遭いまくるのである。

試しに「ハット卿が災難に遭う回数」、略して「ハット卿回数」、これを先ほどの時系列での事故回数と比較してみよう。するとシーズン13以降右肩下がりだった事故回数に対し、ハット卿回数は反比例するように、右肩上がりになっているのである。シーズン12まではわずか４・９％だった「ハット卿率（ハット卿回数／話数）」は、シーズン13以降は27・７％まで急上昇している。シーズン19および20ではついにハット卿回数が事故数を上回るという結果まで出た。つまりこれら終盤のシーズンにおいては、「機関車が事故を起こす」よりも「ハット卿が災難に遭う」ことで物語が展開していくのである。

４９０話の最終話を飾るシーズン20「スキフとにんぎょ」では、ハット卿が海で遭難し、近くの無人島に漂流する。これまでのエピソードの中でも、ひときわ悲惨な目に遭っている。「最悪だ～」というハット卿の叫び声が遠く海にこだまする。しかしその裏で、守られた物語があった。

ＰＣを閉じて、伸びをする。こうして、ものいみの夏は終わった。心のつっかえはもうなくなって、後に残るのは物語にどっぷりと浸かった、心地よい余韻ばかりだ。僕は書斎の扉を開いて、廊下の空気を肺いっぱいに吸い込んだ。

「最近、寝つけないんです。目を閉じると、役割のことばかり頭に浮かんで」

診察室で、中年の男が背中を丸めて座っている。白い壁が陽の光に照らされている。床も机も椅子も白、壁にかかった液晶テレビ以外は、汚れひとつない真っ白な部屋だ。

「役割は何を？」

部屋に負けない白衣を羽織った女性の医者が、にっこり微笑んで問いかけた。

「「案内」です。主に海外のガイドなどを」

「お忙しいんですか？」

医者が尋ねると、男は首を横に振った。

「定時には退社します」

「自分に合っていないとか」

男はやはり肩をすくめる。

「やりがいを感じています。社会の役に立てることを、誇りに思っています」

テレビにちらちらと目をやりながら男は言った。子ども向けのアニメが流しっぱなしになっていた。リモコンを手にとった医者は音量を下げて、話の核心に切り込むことにした。

「やはり、人間関係ですか？」

「そんなところです」

男は初めて言い淀んだ。医者はここぞとばかりに畳み掛ける。

「秘密は必ず守ります。私を信じて、なんでも話してください」

勢いに呑まれた男は、実は、と口を開いた。

「部下への接し方に、悩んでいます。すぐに叱りすぎてしまう。私があまりに厳しいものだから、彼らも萎縮してしまって、私と距離を置いているようです。もしかしたら、嫌われているかもしれません」

　男は気まずそうに頭をかいた。医者は話を促すように、黙って聞いている。アニメが一話終わって、また新しいエピソードが始まっていた。軽やかなオープニングソングが、沈黙の時間を微かな音量で駆ける。

「優しく諭そうと思っても、うまくいかなくて。厳しく指導しないと、すぐにミスが起きてしまうのではと心配なのです。お恥ずかしい話、私自身がもともと抜けている方でして、まるで自分のことのように、部下のミスを恐れてしまうのです」

　そう言いながら、男は視線をテレビに逸らした。機関車をモチーフにしたキャラクターが、鉄道をまっすぐに走っている。蒸気を吐き、車輪を回し、時刻表通りに乗客を送り届ける。

「素晴らしいガイドを届けたい。正確な情報を提供したい。なにより、役に立ちたい。理想を追えば追うほど、自分がもっとしっかりしなければ、と気負ってしまいます。本当は優秀な部下たちだということを、私が一番わかっているのですが」

　男はため息をついた。テレビでは機関車が脱線して、くるくると目を回していた。医者はカルテに走り書きをし、テレビの電源を消して、男に向き合った。

「部下のミスが怖ければ、貴方がミスをするのはいかがでしょう」

はっきりとした口調で医者が言った。

「私が、ですか」

男は目をぱちくりさせる。

「そうです。もともと抜けているとおっしゃいましたね。でしたら、忘れ物をするでも、お茶をこぼすでも構いません。大きな支障の出ない範囲で、貴方自身がミスを繰り返すのです。そうすれば、おのずと部下は、貴方に親しみを覚えるでしょう。なにせ、それが貴方本来の姿なのですから」

「しかしそれでは「案内」の上司として、示しがつかないのでは」

腑に落ちない様子で、男は反論する。医者はゆっくりと首を横に振った。

「ご自身の役割は、一旦忘れてください」

「役割を忘れろですって？」

男はまた目を見開いてのけぞった。医者は諭すように力強く話し始めた。

「確かに役割は重要です。役割があるからこそ、私たちが存在する。役割が私たちをつないでくれる」

ただ、と言って医者は続ける。

「それがすべてではないとも、最近は考えるのです。たまには忘れて、気の向くままに過ごしてみたらどうだろうって。役に立たなくても、いいじゃないですか。一度、貴方のありのままを見せてみませんか？」

男はまだ納得のいったようないかないような、難しい顔をしている。

「それで部下たちは、離れていかないでしょうか」

「彼らを信頼しているのでしょう。でしたら、大丈夫です。むしろ自分たちがしっかりしなければ、と奮起してくれるかもしれませんね」

医者の言葉に、男はしばらく考え、そして頷いた。

「わかりました。やってみます」

男は礼を言って、丸まった背中をしゃんと起こし、診察室から出て行った。

医者が再びテレビの電源を入れると、メインキャラクターの一人が、風に飛ばされたシルクハットを追いかけていた。

部屋

269色を探して部屋をめぐる

殺風景な部屋だと思う。家具やインテリアに特段こだわりはない。統一したコンセプトもない。ただ必要に応じて時々に購入したモノが、雑然と並べられている。散らかっているわけではないが、整頓されているわけでもない。

なにより、改めて眺めると色が少ない。壁、床、机。どこも地味で暗くて淡い。目に映る景色の多くが、同じような色で構成されているように見える。モノとモノの境目がぼんやりとして、背景に同化しているようでもある。

色彩心理という研究分野があって、部屋の色調は精神状態に影響を及ぼすらしい。一日のほとんどを部屋で過ごしているのだから、もう少し色に気を配り、部屋に色を配るべきかもしれない。しかし少し調べただけでコーディネート理論、アクセント効果にコンプレックス・ハーモニー。色の組み合わせには複雑な理論があり、難解な単語が並ぶ。いきなり配色を決めるのは時期尚早である。

だからまず現状から整理しよう。例えば、この部屋には一体何種類の色があるのだろうか。何色が多くて、何色が少ないのだろうか。足りない色がわかれば、補うべきポイントが明確になる。僕は部屋に存在する、色の数を測定することにした。

測定には「色彩ヘルパー」というアプリを使う。スマホのカメラを通じて、対象物の色彩を判定し、最も近い色名を教えてくれる優れものだ。試しに書斎の壁へスマホをかざしてみたところ、「スノーホワイト」なる色名が表示された。なんだかロマンチックである。だが少しカメラの位置をずらしてみると、今度は「銀鼠《ぎんねず》」という色名に変化した。雪が鼠になった。

銀鼠とは「四十八茶百鼠」と呼ばれる江戸時代に流行った色群の一つだという。当時は庶民には派手な色の着物が禁止され、そのため地味な色を使い分けることが粋とされたらしい。地味に聞こえる色名にも、特有の歴史があるのは興味深い。

そのほかにも、アッシュグレイ、スレートグレイ、胡粉《ごふん》色。壁の色は決して均一ではなく、黄ばみや傷、影や凹みによって次々に変化していく。江戸の町人たちが微細な色の変化を楽しんだように、殺風景に思えた部屋にも、実は色々が潜んでいるのかもしれない。

色彩ヘルパーでは、ＪＩＳ慣用色名という日本産業規格で定められた全２６９色から、色以外の性質を持つ金・銀を除いた２６７色を計測できる。幸い寝室に銀の懐中時計と、書斎に金の耳かきがある。もしアプリで残り２６７色が見つかれば、日本の「すべての色」が部屋にあることになる。どんな家自慢をされても、うちにはすべての色があるし、とほくそ笑むことができる。色を探しに、僕は部屋をめぐり始めた。

※なお、アプリ自体の正確性を検証するために『日本の２６９色』（小学館文庫）の色表と対応させたところ、ほとんどの色で正しい色名が表示された。ただし、色を色相・明度・彩度に分けて数値表現した「マンセル値」が同一の場合（例：「アプリコット」と「杏色」）をはじめとして、いくつかのパターンにおいて、一方の色名しか表示されないケースがあることもわかった。その場合は別の表現方式であるＲＧＢ値を測定し、同書などから、最も近い色名を選定した。

筆箱は牡丹《ぼたん》色。折り畳み傘は青竹色。食洗機はバーントアンバー。スマホを片手に、部屋から部屋へとめぐり廻る。柔軟剤は桃色、体温計は水浅葱《みずあさぎ》、ラムネは青緑。

そもそも色とはなんだろうか。色とは光だ。光自体を眼にして、あるいは光の一部がモノに反射して、僕たちは色を感じる。ただし光の中でも、特定の波長の光に限られる。個人差はあるが、約３８０㎚（ナノメートル）から約７８０㎚の間の波長の光、可視光線と呼ばれる範囲内の光のみを、色として認識できる。可視光線で一番短い波長は紫系統で、これよりも短い光はその外にあるから紫外線。反対に一番長い波長は赤系統で、これよりも長い光はその外にあるから赤外線。どちらも人間の眼では認識できない。そして紫外線と赤外線の間に、７色の虹があるとアイザック・ニュートンは定義した。実際にはその間に無限のグラデーションが存在しているが、ある程度割り切ってカテゴリーに分けたのが色名であり、ＪＩＳ２６９色でもある。

　太陽から降り注ぐ光は、短いものから長いものまで、様々な波長の光を含んでいる。太陽光をプリズムと呼ばれる多面体に当てると虹ができるが、それはプリズムによって、それぞれの波長の光が分離され、順番に並んでいるからだ。

　そしてモノは太陽光の中からいくつかの波長を吸収し、同時にいくつかの波長を反射する。つまりモノ自体ではなく、モノがどの波長の光を反射するかで色が決まる。書斎に置かれた赤の財布、冷蔵庫の紅樺《べにかば》色の牛肉や橙色のオレンジジュースは、長い波長を反射している。逆に群青色のリビングのクッションや、ラベンダーのボディーソープは短い波長を反射している。だから部屋中の色を探すことは、部屋中から反射する、光の波長の長さを測ることに等しい。

　光の測定は玄関から始まる。まずは視界に入ったモノから手当たり次第に測っていく。萌黄《もえぎ》のサンダルに、コルクの床、そして扉はオリーブドラブ。軍用機や重火器によく用いられる暗い緑系統だ。悟りの象徴たる玄関の扉が、軍事的な色だとは知らなかった。

　扉に貼り付けられたブロンドの鍵かけには小物が併せて引っ掛けられていて、マスクはアイボリー、手提げ袋はかきつばた色、宅配ボックスのカードキーは刈安《かりやす》色だった。黄系統のこの色は刈安という草に由来があって、文字通り刈りやすい草らしい。刈りやすいということは入手しやすいということで、だから昔の日本で黄系統は低い序列に与えられた色だったという。そう思うと普段は酷使しているカードキーを、労いたくなってくる。次に宅配ボックスを使うときには、よく開けたものだと褒めてやろう。

次は台所だ。すす竹色のシンク、鉛色のフライパン、鼠色の包丁。シンプルに見える台所は、実のところ色の宝庫だ。強い黄みの含まれた赤系統である鉛丹《えんたん》色の胡椒蓋に、れんが色のパプリカ。褐色のタバスコに、赤橙のデスソース。スパイス好きが幸いして、多くの暖色が発掘された。マスタードはクロムイエロー、味噌は黄土色、みりんは黄茶、サラダ油は鶯茶。台所という舞台で、役者たちが躍動する。中でもやはり大本命は冷蔵庫だ。僕は微かに振動する生成り色の扉を開いた。

ネープルスイエローのバナナ、ビリジアンの粉チーズ。エクルベージュの豆腐、ローシエンナのちくわ。君たち、そんな洒落た色名をしていたのか。豚肉に発見したシェルピンクという色は、貝殻の内側に太陽光が反射して見える淡い色のことを指す。光の干渉によって生まれ、正確に再現することは困難だともされる。そんな貴重な色も、楽屋でじっと静かに冷えていた。

最後に扉の内面、飲み物コーナーを指でなぞっていく。シルバーグレイのビール缶を越え、ウルトラマリンブルーの牛乳パックを渡り、ワインレッドの赤ワインを過ぎると、ペットボトル1本分のスペースがある。かつてそこに彼女がいた。バーントシェンナのすまし顔で佇み、振ってやると弁柄《べんがら》色に上気した彼女。新品の小麦色の肌とは違った、年季の入った魅力があった。貴婦人の描かれたラベルは、ミッドナイトブルー。台所にできたランプブラックの影が、10年間の追憶と共に、真夜中に溶けていく。

そのままリビングへと進む。テレビは黒、テレビ台は**栗色**。僕が背中を預けるソファは**るり色**、頬を擦りつける絨毯は**芥子色**だった。身体を怠惰にとろけさせるには、眼に優しい色がいい。

中でもリビングで豊富な色を持っていたのは、やはり隅に鎮座する段ボール箱だ。箱の色は、**朽葉色**。朽ちた葉が風に舞い、地上を彩る様子は貴族たちの詩情を誘ったようで、源氏物語にも平家物語にも登場する色だ。捨てきれぬモノたちを放り込んだ段ボール箱は、もののあはれの象徴だった。

僕は箱からあはれを掻き出してスマホに取り込んでいく。いつか夜ランニングするときに使う安全タスキは**山吹色**。いつか病気になったときに飲む錠剤は**らくだ色**。いつか大掃除をするときに使う「激落ちくん」は**アプリコット**。いつかはいつまでも来ないけど、色を加算する一助にはなった。寝そべるだけの部屋にも、色の物語がある。ドコモ太郎の過ごした、15年間のように。

僕は再びFOMA P900iの取扱説明書をめくった。背表紙は**紺色**、iモードのマークは**レモンイエロー**、経年劣化で色褪せたページは**ベージュ**。折り畳み式の携帯電話のイラストにスマホをかざすと、**黒茶**という色名が出た。江戸時代には藍染めが大流行し、作業着から高級な着物まで、あらゆる衣服が染められた。流行に伴って染め色を表現する多数の色名が生まれたが、中でもこの色は何度も染め直した最後に生まれる色だったという。これ以上、もう何色にも染まらない。ドコモ太郎の人生にも、穏やかな区切りが訪れたことを願う。

さて、この辺りで一度、ここまで発見した色を振り返ってみよう。２６９色はいくつかの色相に分類されるが、今のところ集まった色は、実に半分以上が黄系統だ。それも明度や彩度の低い色で数を稼いでいる。反対に青系統や緑系統はほとんど集まっておらず、かなりバランスが悪い。もっと釣り合いを保たないと、このままでは部屋殺風景説が立証されてしまう。

しかし色の偏在は、次の部屋が解決してくれるはずだ。寝室である。はなだ色のシーツに勝色の枕、マリンブルーの毛布。青系統がずらり並んでいるのだ。そして何より、寝室には花がある。色名の起源をたどると花の名前に行き着くことが多いが、自然が生み出す最も身近な色が花だったのだろう。

アイビーの花を判定すると、期待通りアイビーグリーンが表示された。ほかにも白緑のリュウカデンドロンに、深緑のユーカリ。グラスグリーンのグリーンベルに、若竹色のフエイジョア、ボトルグリーンのブプレウルム、グリーンのローズマリー。ぽっかり空いていた緑系統の座席が、次々と埋まっていく。くつろぎの場であるこの部屋に、ふさわしい配色ではないか。寝室の電気のスイッチさえもが明るい緑系統、「常に変わらない繁栄」

を願う常磐《ときわ》色に輝いていた。

　しかしその中で唯一異色を放っていたのが、サンゴミズキの花だった。草原に流れる一筋の血のような色、からくれない。秘密の部屋、寝室に隠された裏の姿を、サンゴミズキが示唆しているようでもあった。色のない透明な花瓶の横に佇む、ベビーブルーの花瓶を眺めながら、しばし身体を休める。

　残りは約２００色。ここまでで全体の４割弱の色を集めたことになる。ペースは悪くないが、まだ先は長い。しかも次の部屋はトイレである。さすがにトイレに色は少ない。どこの家でもそうだろう。カラフルなトイレなど落ち着かない。一人になれる場所だからこそ、できるだけ侘しい景色がいい。

　ひとまず新しい色を探してみよう。象牙色の便器、セピアの壁、スチールグレイのレバー。以上である。侘しすぎる。旅の持ち物は少ない方がいいが、もう少し色を背負ってもいいと思う。かろうじてカナリヤの「地球の歩き方」が挿し色として機能しているが、本来トイレに歩き方はない。もう少しこの部屋オリジナルの、異なる色を見つけたい。

　屈んでは背伸びをし、1畳のトイレを忙しなく動き回った僕は、壁面に取り付けられた「リモコン」に光明を見出した。洗浄ボタンやウォシュレットを起動するためのリモコンパネルである。しかし一見したところ、パネル上にはすでに記録済みの色ばかり。唯一見つけたのが、「ビデ」のボタンが放つ赤紫の光だった。このボタンを押してみると、色が変わったりするのだろうか。だが人生でビデのボタンを押したことはない。押してよいものか。自分の部屋なのだからいいに決まっているが、どこか後ろめたい心持ちがする。しかし色探しのためなら仕方ない。息を呑んで人差し指で押し込むと、少し間を置いて便器から柔らかな泉が噴き出した。ビデのランプは緑系統に点滅している。しぶきが飛び散ってくるが、止まる前に測定しなくてはならない。ランプの色は、**ピーコックグリーン**。新種だ。思い切った甲斐があった。

濡れた床を雑巾で拭いていると、便器から延びるコードに気づいた。コードは裏側まで回り込んでおり、狭い隙間を覗き込んでみると、安全カバーの被せられたコンセントまでつながっていた。もしかしたらと思いカバーを外してみると、思惑が当たった。鮮やかなアース線が巻き付いていたのだ。カメラにかざすと、**ビリヤードグリーン**と、**たんぽぽ色**。こんな場所にもたんぽぽの花が咲いていた。旅の魅力とは、寄り道の先で予期せぬ景色を見つけることにある。やはりトイレは、いつも僕を旅に誘ってくれる。

あと2部屋で、次は書斎。書斎は創造の場だが、カナダの研究によると、創造性を高めるには青系統が適しているらしい。そんな話を聞くと途端に青系統を意識するようになる。例えばナイル川の淡い青さをイメージした、**ナイルブルー**のゴミ箱。原稿につまったら、今度からゴミ箱を眺めることにしよう。あるいは日本の青い花の代表たる露草の名を冠した、**露草色**のバランスボール。1文字も進まずにひょこひょこと飛び跳ねていた夜は、きっと創造性を育んでいたのだ。そして、画面の中で共に夏を駆け抜けた機関車。この色があったからこそ、僕は没頭できたのかもしれない。トーマスの模型を測定すると、勿忘草《わすれなぐさ》色と表示された。この由来は、恋人のために花をとろうとした青年が急流に巻き込まれ、自分を忘れないでと叫んだ話にあるという。ハット卿と共にソドー島を見守った日々を、僕は忘れない。

４９０話を２回再生したローズレッドのＰＣには無数の細かな傷があって、キーボードの塗装がところどころ剝がれている。書斎を書斎たらしめる机は茶色だが、こちらも長年使用するうちに表面が削れたり、昔シーシャを吸おうとして焦がしてしまった跡が残っていたりする。モノと付き合っていくうちに姿形は経年劣化していくが、劣化により生まれる色もある。剝がれたキーボードは鉄紺。削れた机は、こうじ色。焦げた跡はマリーゴールド。マウスパッドはマウスを何度も擦りつけた領域が褪せ、イエローオーカーと判定された。人類最古の顔料である黄土を意味しており、「ラスコーの壁画」にも塗られた色である。そういえばラスコーの壁画があった場所には、人の住んだ痕跡が全くなかったという。旧石器人たちは、普段の生活から遠く離れた洞窟に籠もり、動物たちが躍動する姿を描いたのだ。２万年前の書斎も、この色と共にあった。

最後の部屋は、風呂。一日色を探し回った疲れを流してしまいたいが、まだ気を抜くわけにはいかない。トイレと同様の苦戦が予想されたものの、浴室を見渡して昂《たかぶ》った。新橋色の洗顔剤に、なす紺のシャンプー。トリートメントの鮮やかな紫系統は、人類初の化学染料であるモーブだ。風呂で使うような製品はどれも香りや高級感をイメージさせるため、鮮やかなパッケージをしていることが多い。思わぬ色の穴場があった。

もちろん入浴剤も、その例に漏れない。「バブ　ローズハーモニーの香り」はローズピンクで、「バブ　至福の森めぐり浴」はマラカイトグリーン。「バブ　クール　ミントの香り」は青で、「きき湯　マグネシウム炭酸湯」はシャトルーズグリーン。「かめバスボール」から出てきた緑青《りよくしよう》色の亀の背中を押すと、藤納戸《ふじなんど》に光った。

その中から今夜、僕が湯へと放つのは「バブ　ミルキーアロマ　メルティミルクの香り」である。手を離すと、いつものシューという音を立てながら、踊り始めた。湯に広がったのは、牛乳のような白。僕はおもむろに立ち上がり、電気を消す。真っ暗な風呂に、バブの音楽が鳴る。ここで捕まえたい色があった。

浴槽の上澄み、バブのまだ浸透しきっていないお湯を、透明な桶ですくい上げる。スマホのライトを最大まで出力し、桶越しに光を当てる。まだ現れない。お湯をすくい直して、また光を当てる。まだ現れない。お湯を入れ替え、微調整を繰り返す。何度目かの試行ののちに、ぼんやりと明るい影が見えた。すかさずアプリで色を判定すると、スカイグレイ。曇り空のような、うっすらと青みのある色だ。

空が青く見えるのは、色が光であるからだ。太陽光は地表に届くまでに、大気中の気体分子にぶつかり、散乱する。特に青系統など波長の短い光は、まるで小さな舟が波にさらわれるように、より大きく散乱する。方々に散乱した短波長の光は空に広がって、そうして青空が広がるのだ。この現象をレイリー散乱と呼ぶ。

桶の中で揺らめく曇り空も、またレイリー散乱である。湯に当てられた光が、僅かに含まれたバブの粒子によって、散乱している。光の当てる角度や強さを調整すると、今度はより強い青みのあるスカイブルーと、それから空色が観測された。風呂に小さな空が現れた。

すべての部屋をめぐり、集まった色は約１００色。明日からもまだ、色を探す生活が続きそうだ。まだ見ぬ１６７色が、きっとどこかに潜んでいる気がした。浴槽に背中を預け、１／ｆゆらぎに身を委ねながら、僕だけの空を見下ろした。

扉を閉める。部屋を見据える。背負った重荷を玄関で降ろす。台所で水を飲み、リビングでしばし寝転んで、トイレを済ませてから寝室のエアコンを入れる。風呂から上がった頃にようやく英気が湧いてきて、書斎で気の向くままキーボードを叩く。

きはだ色の蜂蜜瓶。ローズグレイのドアノブ。小豆色のリモコンボタン。

仕事も社交も嫌いではない。求められた役割をこなすことで、満たされたものがあった。だが同時に、渇いたものもあった。期待という蜃気楼を追いかけた少年時代のように、あるいは酒を浴びた学生時代のように、自分の足場がじわりと崩れていく感覚があった。

カーマインの加湿器。エメラルドグリーンの歯磨き粉。ブロンズの櫛《くし》。

そんなとき、僕を社会から切り離す部屋が必要だった。ひとり部屋で考え、空想することで、立脚点を自分へと引き戻した。部屋では演じなくてもいい。役に立たなくてもいい。だからこそ部屋は落ち着く。

紅赤のパスポート。ホリゾンブルーのバックパック。青磁《せいじ》色の陶器。

部屋はしかし、単なる安全地帯ではない。部屋にもまた、ゆらぎがある。色を探しながら部屋を歩くと、不思議と色が浮き上がってくる。普段なら見逃すモノに目が留まり、思わず色を確かめたくなる。インドの森が人によって姿を変えるように、見慣れたはずの部屋も、ふとしたことで違う姿を見せる。

鳩羽《はとば》色のブルーレースフラワー。肉桂《にっけい》色の爪切り。えんじの辞典。

「色即是空」は『般若心経』に登場する言葉だ。ここでの「色」は宇宙に存在するすべての存在を指す。すべてが移ろいゆくという、仏教の根本教理を意味している。削れて焦げた机に新しい色があったように、部屋が同じ姿をしていることはない。部屋の変化を捉えれば、壁に囲まれた閉鎖空間が、途端に巨大な広がりを持つ。

さんご色の付箋。紫紺《しこん》の乾電池。砂色のベッドの下の埃。

そんな変化を捉えたくて、時間を旅してきた。緯度経度を部屋に固定しながら、時間という座標軸を移動してきた。日常も、観測し続ければ非日常になる。１冊では無味乾燥な取扱説明書も、５５４冊読めば人生がある。一つではありふれた花言葉も、１年間記録すればロマンスにつながる。トーマスと一夏を過ごせば、新しい物語が見える。そうやって時間と遊ぶことで、空想が生まれる。誰にも求められていない、自分だけの世界に立てる。一口で飲み干す酒より、10年間飲みかけの午後の紅茶の方が、別れを告げるのは難しい。

ターコイズブルーの剃刀《かみそり》。古代紫のハンドクリーム。つつじ色のマイナスドライバー。

今日もまた部屋をめぐる。各地をめぐった巡礼者のように、部屋の時間をめぐる。そして空想をめぐらせる。部屋に潜んでいた色たちに、次々とめぐり会う。

ネービーブルーのクローゼット。紅海老茶の掃除機。藍色のかすみ草。

桜色のイヤホン。鉄黒のモニター。金茶の植木鉢。菫色のカーテン。ストロベリーのアイロン。鉄色の扇風機。しょうぶ色の海苔缶。ピーコックブルーのハンガー。黄緑のテマリソウ。アップルグリーンの通帳。江戸紫の下敷き。サックスブルーの布団。紺藍の化粧水。マゼンタのガーベラ。ココアブラウンの洗濯機。アンバーのお酢。中黄のオンシジューム。柿色のサランラップ。キャロットオレンジのポン酢。シグナルレッドの洗濯ネット。檜《ひ》皮《わだ》色のシャワーヘッド。白群のICOCA。緑のSuica。千歳緑の葱。黄色の熊のぬいぐるみ。赤茶のチューリップ。ウイスタリアの栓抜き。もえぎ色のルスカス。朱色のNintendo Switch。松葉色のグラス。蘇《す》芳《おう》の茄子。チョコレートの豆板醤。こはく色の玄米。トマトレッドのウェブカメラ。プルシャンブルーのサマルカンドのポスター。パープルのティッシュ箱。ネールピンクの水筒。オリエンタルブルーのデルフィニウム。灰色のやすり。パンジーのシーシャ。抹茶色のクリアファイル。ブラウンのサイドテーブル。ひわ色のトング。苔色のきゅうり。チャイニーズレッドのコチュジャン。藤色のアガパンサス。コバルトブルーの水道工事のマグネット。ピーチのiPhone。納戸色の鯉のぼりの真鯉。ポピーレッドの緋鯉。若草色の洗剤。ボルドーのラズベリージャム。ゴールデンイエローのバブ　ゆずの香り。ジョンブリアンのカーネーション。とび色のワレモコウ。ばら色のバラ。ひまわり色のヒマワリ。濃藍のマグカップ。イエローのパスタ。浅葱色のコンタクトレンズ。チャコールグレイのトップハム・ハット卿の人形。青紫のうちわ。リーフグリーンのバブ　スイートカモミールの香り。紫のバブ　メディキュア　温もりナイト。オールドローズのバブ　ロマンティックジャスミンの香り。藍鼠のキャッシュカード。あやめ色の柴漬け。墨のハサミ。ベビーピンクのアスチルベ。マルーンのラー油。鶯色のポケット Wi-Fi。コーラルレッドのアストランティア。タンのウイスキー。レグホーンのエアコン。ブルーの検査結果の封筒。紅色のレジンの小瓶。ヘリオトロープのＵＶライト。サーモンピンクのスプーン。ローアンバーのヤシ。草色のバスタオル。紺青のアリアム。うこん色のレモン。錆浅葱の皿。クリームイエローのマトリカリア。シアンの年金手帳。シーグリーンのわさび。肌色のシューズブラシ。カーキーの風呂場マット。ヒヤシンスのスポンジ。ルビーレッドの給湯器の点灯。土色のアロマポット。バーミリオンのドライヤー。オレンジのスイートピー。バフの廊下。ミントグリーンのゴミ袋。ホワイトの氷。オリーブグリーンのハイブリッドスターチス。水色のニンテンドー DS Lite。るり紺のデスクチェア。バーガンディーのスカビオサ。セルリアンブルーのペルシャ絨毯。コバルトグリーンのボールペン。みる色の中央アジアの魔除けのお面。卵色のヒペリカム。灰茶の炊飯器。利休鼠の寝室の天井。バイオレットのアゲラタム。グレイの雑巾。オーキッドのビックカメラのポイントカード。茶鼠のランドリーバスケット。マンダリンオレンジの電子レンジの温めボタン。ピンクの扇子。オリーブの日本地図のポスター。黄赤のおろし生にんにくチューブ。蜜柑色の延長コードの点灯。コチニールレッドの防カビ剤。スカーレットのプロテインシェーカー。かめのぞきのＶｉｓａギフトカード。焦茶のウスターソース。錆色の日本酒の瓶。茜色の紅生姜。とき色のスプレーカーネーション。ききょう色の栞。ローズのエアロバイク。ブラックの醤油。チェリーピンクのクルメケイトウ。紅梅色のミョウガ。パールグレイの窓にはりついた雨粒。アイアンブルーの座椅子。杏色のベッドの土台。

殺風景に思えた部屋は、色の宇宙につながっていた。

残り13色。食器棚をひっくり返したら、レンゲにフォレストグリーンが見つかった。ブレーカーの蓋を開けてみたら、レッドのスイッチがあった。段ボール箱の奥底に、使ったことのないライラックの防水スプレー缶があった。パスポートを埋めるスタンプの中に、若葉色のウズベキスタンのビザが印刷されていた。ＬＥＤ電球を分解すると、海老茶のコンデンサが付属していた。

残り8色。最後に残ったのは、赤系統の7色と、紫系統の1色だ。赤系統と紫系統、可視光線の中で最も波長の長い光と、短い光。しかし一方でこれら両極端に離れた光は、人間の目には近い色にも見える。色の知覚を環状に配置した「色相環」においても、赤系統と紫系統はつながりあって位置している。

その理由は、突き詰めると色とは人の生み出した感覚、色覚に過ぎないからだ。虹の7色を定義したニュートンは一方で、光に色はない、とも言った。光には波長があるだけで、それを眼の奥にある錐体細胞が検知し、脳内で色という情報に変換している。だから赤系統と紫系統が物理的には遠い存在でも、人の目には連続的に映る。

『「色のふしぎ」と不思議な社会』（筑摩書房）によると、色覚にはこれまで考えられていた以上に、大きな個人差があることがわかってきたという。同じモノを見てもある人には青系統に見え、ある人には緑系統に見える。そういった現象が誰しもに、ごく普通に発生する。そしてそんな文脈を踏まえ、同書では「色覚は健全な錯視である」という言葉が紹介されている。錯視とは、現実とは違う見え方をするという意味だ。モノにも光にも色は存在しない。僕たちは現実を見てはいない。生存戦略として現実を錯視し、存在しない色を脳に生み出している。

空想も同じだ。部屋の中で空想をめぐらせ、現実を錯視する。ガイドブックに詩を見つけ、入浴剤に音楽を見つける。色のない部屋に色を見つける。台所にリビングに、トイレに寝室に、風呂に書斎に、錯視の空想が生まれる。空想と空想が、色相環のように環になってつながる。そうやって部屋は、膨張を続ける。

傘立てを裏返すと、四隅が錆びていた。錆の中央部に、冴えた赤系統である紅緋《べにひ》を見つけた。錆の模様はよく見ると生き物のようで、暗い部分と明るい部分、濃い部分と淡い部分が混ざりあって、今にも動き出しそうだ。錆を探せば、残りの赤系統の色も見つかるかもしれない。

　残り7色。台所のコンロの錆は、黄丹《おうに》の色をしていた。残り6色。風呂の排水溝には、テラコッタの錆があった。残り5色。トイレのタンクを開けると、うっすらと樺《かば》色の錆が見つかった。残り4色。寝室の花瓶には、たいしゃの錆。残り3色。書斎の古いカッターナイフには、金赤の錆があった。この部屋に住み始めた頃には、どれもなかった色たち。モノに時間が宿り、錆となって新しい色を帯びていた。

　ふと振り返って、玄関を見据える。ひとたびあの扉を開けば、外には社会という底なしの海が待っている。美しい景色もあるが、気を抜くと沈んでしまう。だから僕は空想の環を頭からかぶり、溺れないよう浮き輪とする。誰かに借りたレンズではなく、自前の錯視で周りを見渡す。そうやってじたばた泳いで、なんとか部屋に生還したら、まためぐり始めよう。求められないことに時間を投じ、ささやかな変化を捉えて、役に立たない自由を謳歌しよう。今度はどんな色があるだろうか。

　残り2色。リビングにある高窓へ向かった。窓枠に錆があることを知っていた。探していたのは、赤錆色。そして窓から飛び込んでくる光が、最後の1色をつくる。

腕を伸ばし、窓辺に置かれたクリスタルを掲げた。クリスタルはプリズムのように光を屈折させ、波長ごとに分離した。壁に小さな虹ができた。そして末端に藤紫が浮かんだ。錆から虹へ、赤系統から紫系統へ、長波長から短波長へとバトンが渡った。錯視の空想が環をつくり、めぐり廻った。２６９色の部屋で、僕は大きく伸びをした。

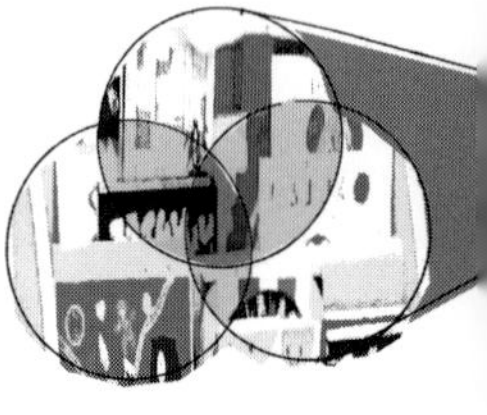

冷たい風が鋭く吹いたが、ナウマンゾウの分厚い皮膚はそれをものともしない。寒々しい雪景色がどこまでも続き、生物の姿はほかに見当たらない。ゾウは低く吠え、凍ったブナの落ち葉を蹴散らしながらのっそりと歩く。のちに東京都と呼ばれるこの地に、ヒトはまだ足を踏み入れていない。

アフリカの大地でホモ・サピエンスが誕生し、移動を始めた頃。ちょうど時を同じくして、地球から一億四千九百六十万キロ離れた太陽という星で、君は生まれた。星の中心部で起こった核融合によって発生した、小さな光の粒だった。君には兄弟がたくさんいて、誰も彼も膨大なエネルギーに満ち溢れていた。産声もそこそこに、気の向くままに星の内部を跳ね回った。秒速三十万キロの速度で飛び、電子と陽子の壁にぶつかっては跳ね、また方向を変えて飛んでいく。目的地もなく、何度阻まれても、後戻りしても、休むことなく延々と無作為に彷徨《さまよ》い続けた。

そして十七万年が経った。

途方もない年月を回遊し続けた光子たちは、ある時偶然、勢い余って星の外へと飛び出した。兄弟の中で、ひときわ小柄な君もその一員に含まれていた。生まれ育った故郷を振り返ることもなく、真っ直ぐに宇宙を走る。未知の世界へ飛び出すことに、君の胸は大きく高鳴っていた。星間ガスを切り裂き、宇宙塵の隙間を抜け、巨大な彗星とすれ違った。どれも初めての景色だった。そうやってちょうど八分十七秒が経過した頃、君はとある星へと辿り着いた。

星は巨大な幕で覆われていた。幾層をも突き抜けて、君は直進を続ける。ある兄弟は空で散り散りとなり、ある兄弟は地平線の彼方へ消えていった。それでも君は寂しいとは思わなかった。彼らの旅が、これからも続くと知っていたから。それにこの星にもまた、君の仲間たちがいた。

空を切り裂く稲妻。長い尾を引く彗星の欠片。妖しく輝くネオン。舞台を照らすライト。浴槽に差し込む蛍光灯。液晶テレビを彩る色。生まれは違えど、どれも同じ光の粒だった。空を、大地を、部屋を、思うがままに飛び回っていた。星には無数の光の記憶があった。君も一員に加わることにした。

かつてナウマンゾウが吠えた地は、現在はコンクリートで埋め尽くされている。君はそのうちの、一軒のアパートを選んだ。兄弟たちは我先にと、建物の窓へ飛び込んでいった。しかしまたしても思わぬ障壁があった。飛び込んだ先には、誰かの掲げたクリスタルが待っていたのだ。複雑な迷路にぶつかった兄弟たちは、背の順に切り裂かれようとしていた。大きな別離であった。君は初めて、少しの不安を覚えた。

「大丈夫ですよ」

クリスタルの内側から、君のもとに声が届いた。

「案外、悪くない部屋ですから」

故郷を彷彿とさせる温かい声だった。不安を吹き飛ばす高貴な囁きだった。クリスタルを通過する頃には、君の気持ちはすっかり切り替わっていた。そのまま弾丸のように壁に直進し、跳ね返った。秒速三十万キロでまた床にぶつかって、また跳ね返った。たしかに悪くないと君は思った。いつしか独りきりの旅路を楽しんでいた。

十七万年前、あてもなく星の中を飛び回ったように、君はもうしばらくこの部屋を、ただめぐることにした。

本書はウェブメディア「オモコロ」に掲載された記事に加筆・修正をし、書き下ろしを加え、書籍化したものです。

※各作品内の小説はフィクションであり、実在の人物・団体・事件などとは一切関係ありません。

KIRIN
午後の紅茶
AFTERNOON TEA
MILK TEA
午後の紅茶
MILK TEA

チベット
Tibet
2016~17
ネパールとヒマラヤトレッキング
南アフリカ
South Africa
イスラエル
Israel
2015~16
ペルー
特に疲れがたまった時に
バブ
薬用
メディキュア
MEDICURE
欲しい効果をこの1錠で!
疲労
肩こり
腰痛
冷え症
薬用入浴剤(錠剤タイプ)
気分まで華やぐ花果実の香り
Kao

岡田悠（おかだ・ゆう）

ライター。会社員の傍ら、2019年より執筆活動を開始。気になったことを記録し続ける癖がある。著書に『0メートルの旅』（ダイヤモンド社）。

Twitter：@YuuuO

10年《ねん》間《かん》飲《の》みかけの
午後《ごご》の紅茶《こうちゃ》に別《わか》れを告《つ》げたい
部屋《へや》をめぐる空想譚《くうそうたん》

2021年11月20日　初版印刷
2021年11月30日　初版発行

著　　者　岡田悠《おかだゆう》

装　　幀　渋井史生

装画・挿画　ワタナベケンイチ

発 行 者　小野寺優

発 行 所　株式会社河出書房新社
〒151-0051
東京都渋谷区千駄ヶ谷2-32-2
電話 03-3404-1201（営業）
03-3404-8611（編集）
https://www.kawade.co.jp/

組　　版　KAWADE DTP WORKS

印　　刷　株式会社暁印刷

製　　本　大口製本印刷株式会社

Printed in Japan
ISBN978-4-309-03005-0